中公文庫

なにたべた？

伊藤比呂美＋枝元なほみ往復書簡

伊藤比呂美
枝元なほみ

中央公論新社

「はじめに」の前菜

cooked by 枝元なほみ

料理名…ねこの3月15日
分類……ごちゃまぜ
調理法…どうにでもして
分量……すきかって
材料……わたしとわたしをとりまくいろいろ（含む、詩人とその家族）

作り方

・すべてを投入してかきまぜる。

・そのまましばらく放置する。

・うまく発酵すればそれでよし。悪臭を放つようなら放棄して再度トライする。

・放棄した分は無理やり肥料にする。

・ダメでもともと。おもしろければもうけもの。という程度に積極的になれれば素敵。

・でもま、材料は、そのうちそれ自身すきかってに成長してゆくはず。

・熱くてもよし。さめてもよし。

・もりつけて、ひろみちゃんに見せる。

本書について

基本は、ひろみ（伊藤比呂美）とねこ（枝元なほみ）、二人のＦＡＸのやりとりです。そして、すべて過去のことであり、たぶんにフィクションもまじっています。

当時の二人の、なにたべた的状況をざっと説明いたしますと

ひろみは、家庭と家族の現実と理想の中であっぷあっぷしてました。アメリカと日本を往復しつつ家庭をかけもちしていたので、どこにいても、いつも家族に食べさせるためにごはんを作っている状況だった。

ねこは、二人の男と仕事の間で右往左往してました。東京のど真ん中で、

毎日仕事で大量の料理をしてましたが、あとは、仕事の残りものを使って自分のために作って一人で食べることが多かった。

ひろみとねこは、二十数年前に、若い詩人と若い役者として知りあいまして、それ以来のつきあいです。おたがいの、引っ越した家と代々の男は、ぜんぶ見てきました。

おもな登場人物

ひろみ…詩人、主婦
ねこ…料理研究家、独身
Aさん…ひろみの同居人。カノコとサラ子の父
Bさん…ひろみのボーイフレンド。トメの父
長女カノコ、次女サラ子、三女トメ…ひろみの子どもたち
J…ねこのボーイフレンド
Q…ねこのボーイフレンド

目次

なにたべた？

伊藤比呂美＋枝元なほみ往復書簡

1

満タンにしたい口と空っぽの冷蔵庫

3/20〜4/5

ひろみ　九州
ねこ　東京

3／20　　ひろみ

ねこちゃん、あたしの今日食べたもの。

朝　冷えコロッケ入りオムレツとトースト、今アディクってるのが[*1]、インスタントコーヒー（！）。大きなマグカップに小さじ1／5くらいにお湯たっぷり、少々の無脂肪乳、そんで冷めたのをいっきに飲む。一日に10杯以上飲むよ。トーストはだんぜん薄いのがいい。

昼　マクドナルドのビッグマック（今200円だもん）、子どもと。もう二度と行かない。胸焼けした。

「きょうの料理」に出てた牛乳パックの中にビスケットと生クリーム入れて冷やし固めるのをつくった。それからトリモモの照り煮をつくりおきして、玉ねぎ炒めてかぼちゃととろとろ煮てクリームコーンをぶちこんで[*2]スープを大量につくった。

夜　ねぎとろ丼。ほうれん草のみそ汁。ほうれん草のグラタン（コーンスープをもっと濃くしてかけて焼いたの）。ほうれん草のごまあえ（畑で次女サラ子が、ほうれん草を収穫してきた)。ほうれん草とサラダ菜とマッシュルームとベーコンのサラダ。山くらげと糸こんにゃくのオイスターソース炒め(評判悪くてあたしだけ食べたさ)。デザートは上記のビスケット生クリーム。オレオでこんどやってみようと子どもたちがさわいでいた。このごろ三女トメが、少しずつおっぱい以外のものも食べるようになって、今日はコーンスープをだいぶ食べた。おさじからぺちゃぺちゃ全身で食べる。

今日は子どもがいた(春分の日)から、ここんとこ陥っていた「過食」、悩まずにすんだ。一緒に食べるとどうしても高カロリーのものがんがん食べちゃって、だからもう他に食べたくないというのが理由かもしれない。うちの中に人がいて自由きままに食べられないからかもしれない。食べ物に逃避するだけのひまがないせいかもしれない。

なんにせよよかった。あたしが過食っていってるのは、ドカ食い行為(そんで吐いちゃったり)じゃなくて、しょっちゅう口に何か入れていたいっていうていどの欲望のことなのであーる。波状で襲ってくるのであーる。

気をゆるませるとそうなっちゃうのかもしれない。朝ごはん食べた15分あとにはなんかおなかがすいたような気がしてなにか食べてる、それから10分後にはまたひとくち食べてる、もう食べまいと思ったその5分後には、またなにか食べてる。

　食べてるものが、おかまの中のごはんとか残りものとか、そういうのだったらまだ人間らしいんだけど、やっぱりカロリーとか考えるから、低カロリー低カロリーとか考えていくうちに、おぼろこんぶがつがつむさぼってたり、なっとうずるずる、これはまーましか、きなこばふばふ食いつつきなこ牛乳[*3]飲んでたりする。そういう食べ物ともいえない食べ物を食べるときもあるんだけど、カロリーのことを考えながらも、どういうわけか、エンゼルパイとか（好きなんだ）オレオとか（好きなんだ）、そういう既製品ならまだいいんだ、はちみつとかチョコレートクリーム（パンにぬるやつ）なめてるときもあるよ。舌を、ちろちろと出して、ぺろーりぺろーりとなめていく、妖怪だね、まったく。

　はっと気づくと、一日中、空腹感を感じないで過ごしている。甘いものにたいする欲求がこのごろどんどん強くなってきている。

　何日かこういう日を過ごして、ああいけないはまってるぞはまってるぞと思い当たる。そうして、もう食べまいと考えたその日に、ケーキ焼くんだな、また、おおーきーいやつ、そうして、あっちゃー大きすぎて食べきれなーいなんて冷凍庫に入れる、ふりして、切るついでにばくばく食べてる。ここのところ人生に不安要素が大きかったから、そういう行為に走るのかもしれない。心のどっかで、そういうときは食べる行為に走ればらくになるとちゃんと認識されてて、食べる行為に意識的に走るのかもしれない。そして三度のごはんは、それでもちゃんちゃんとつくって食べて、つくって食べて、食べさせて。なんか痔のひとがうんこのこと考えるみたいに、食べ物のこと、ひっきりなしに考えてる。考えずにはいられない。

＊1　依存する、やめられない、はまる、のめる。もともとはアディクト（動詞）、アディクション（名詞）、アディクティブ（形容詞）。
＊2　あたしの料理用語。その定義は、計らず、ありあわせで、おおざっぱに、大量に、そして、残さない。
＊3　便秘対策ということで世間的にも流行したきなこ牛乳。牛乳にきなこを入れて、ぐっと一気飲みする。プロテインの粉末（きなこ）を摂取している気にもなれる。

モチモチケーキ

バター（マーガリン）と砂糖をすりまぜて卵少しずつ入れて粉を入れてしっかり焼いてつくるケーキを、いろいろ試行錯誤して、いまだに試行錯誤して、これが定番というのはできないかもしれない。これはうまい、というのができても、何をどれだけ入れたのかたちまち忘れてしまうから再現できない。たいていバナナをつぶして入れる。かぼちゃの煮たのがあまればそれを入れる。古いリンゴがあればそれも入れる。もちもちな感じに凝っていたことがあって、蜂蜜や強力粉を、いろんな割合で入れてみたりもした。どんな錯誤をしても、子どもは食べてくれる。

❶ケーキ用マーガリンを1つ分、チンして柔らかくする。
❷砂糖1カップを入れてすりまぜる。
❸卵1こを落としてさらにすりまぜ、さらに1こ落としてすりまぜ、ふわふわの白い甘いクリームにする。ここでなめすぎてはいけない。
❹蜂蜜を、そうね、大さじ2〜3、入れる。
❺小麦粉（何力でもかまわず）カップ1杯半。強力粉カップ半杯。ベーキングソーダ、ちょっと。ふるって混ぜる。
❻オレンジ（イヨカンでも）の皮をすりおろして混ぜる。

❼たねが重たくて粉っぽいはずだから、オレンジの汁とかヨーグルトとかを少しずつ、最終的には大さじ3ぐらいか、入れてみる。最終的にもったりしたかんじになる。

❽型に入れて、オーブン190度で35分か、そのくらい。さましてラップにくるんで、次の日に食べる。紅茶にひたして食べるとおいしい。

3／20

ねこ

ひろみちゃん

ここのところのわたしのお仕事率はほんととんでもないかんじなのね。起きてるあいだ、85〜90％くらい仕事してるみたいなかんじなんだよね。もうこれはケモノのようでおもしろい、と思いながら仕事してもいるわけなんだけど、あんまりよくない。そんな中で今週は撮影が1本だけの楽なスケジュール。今日は電話もない（会社が休みだとそうだ。だからわたしの電話は休日ゆっくりしてる。わたしはときどき、そのこと、寂しいと思う。仕事の電話しかないのかよー、誰もわたしと遊びたくないのかよーと思うからね）。でも実は、山のようなレシピ書きをしなくちゃならない。今、こんな遅くなって、ほんとやになってる。

今日のわたしのごはん……朝起きてしばらくぼおーっとしてから冷蔵庫を開けると、たくさんのはんぱな野菜が残っていた。カレー味のチキンも残っていた。だから、唐突に玉ねぎをきざみ、人参を乱切りにし、その他細々《こまごま》野菜を出して厚手の鍋で玉ねぎを炒め始めた。炒めながら、そうだ、蓋《ふた》をして少し蒸せば、しんなりするから炒め時間が短いんじゃないかな、とか、ほんとにすぐお仕事スイッチが入って、蓋をしてからキッチンタイマーなんかかけちゃう。そんなこんなしながらカレーを作っちゃって、お昼ちょっと前に食べた。カリフラワーが煮崩れて、うまかった。タマリンドも入れた。ひとりで食べることを考えるのでカレールウ（これもまた仕事で使ったのが残っていた）もちょっとしか入れない。

そういえば、カレールウで作るカレーを作りたかったんだよね。普通のおうちみたいなやつ。でもなかなか作れない。これは仕事人だと思うせいからなのかしらね。だから作ってみたかったんだよ。でもその間じゅう、仕事に生かせるよーななんかを探ってる。こういうとき、ほんとまじな性格と、料理が仕事、の因果で、ストレスある。でもできあがって食べちゃうと、けっこううまいじゃん、なんて思って忘れる。これってさ、食べるヤツがいたりすると、もう少し違う性格を持つよね。料理作ることがさ。

きゅうりのサラダも作った。きゅうりは皮むきに限ると思うときがある。ピーラーで皮をむいて、種のところもよけてね。しゃりしゃりしたところが好き。

皮と種の味、あんまり好きじゃないんですが、これは露地で太陽にあたってい
ればカラッと飛ばされてしまうような、ちょっとインシツな感じのにおいが残
ってるからかもしれない、きゅうりに。ハウス栽培の。

なんだか、わたしの場合は、冷蔵庫に残ってるいろいろな食べ物のプレッシ
ャーがすごくある。捨てないように「料理しなくちゃ」というプレッシャーで
す。それと、食べたり作ったりを発想してゆく仕事だから、ずうっとマジメに
いなくちゃいけないいんじゃないかって思ってる。冷蔵庫がからっぽだとほんと
うれしい。でも、それは休みが続く正月くらいしか望めないようなかんじで、
やっぱりなんだかんだ一人の暮らしには多すぎる食べ物があってね。

だから、おーっ、焼きそば食いたいぜえ、とか、すきやき食おうぜえ、とか
思って買い出しに行く、というのにすごくあこがれてる。

わたしのここんところのアディクションはレーズン。上海旅行で買ってきた
やつ。大通りを裏に1、2本入ったところで急に、それまでの通りでは見かけ
なかったシルクロード顔の（漢民族顔と明らかに違う）白いレース編みの帽子
をかぶったおじさんがリヤカーに山盛り積んで売っていた。モスグリーンのサ
ルタナレーズン。これはほんとーにうまい。びみょーにうまい。なんかものす

ごくいいです、これ。もしどっかで手に入ったら送ってやるからね。もっと山ほど買ってくればよかったと後悔してる。

3／22

ねこ

ひろみちゃん、おはよー。

あのね、食べ物のこととは全く関係なくてね、今日はわたしの誕生日なんだよ。だからめでたいんだよ。でも親と一緒に確定申告に行く。税務署に行くのは初めてなんです。あーやだやだ。何でこんなことになっちゃったんだろ。誕生日だからと思ってあけておいたら、なんだか今日だけあいて、そしたら税務署行きになっちゃった。刑務所行きみたいな気分だ。親孝行のつもりなんです。よくわかんないけど。

ここんところ、仕事したくない。心からなんか、やだやだだやだが芽吹いてきてる。反抗期みたいなもんだ。やる価値がある、と思えることだけにしぼりたい。だから、あの、なんにも関係ないけど、こうしてお便りしているんです。ほんっとに数少ない心のお友達のひろみちゃん。どーぞ、元気でやってゆきましょう。今年もこれから1年よろしくお願いします。

……風呂の中で思い出したので食べ物のこと書きます。

上海に行ったときね、蛇を食べた。レストランで出てきた。蛇だと思うの。黒くて、細くて長くてぬらぬらしていた。その何日か前、小さな市場の、赤ん坊のお風呂みたいなピンク色のプラスチックの水槽の中で泳いでいるのを見たから、あれだとわかったわけです。ドジョウはドジョウで識別していたし、うなぎはうなぎだとわかっていた。蛙も蟹も、巨大な太刀魚か鱸《すずき》(?)、これはわからん、鰆《さわら》なのかしら、それの前では記念写真もとっている。でもあの細くて黒くて長くてうねって泳ぐやつは、識別しなかった。見て、頭の中にしまった。引き出しの奥にしまうみたいに。

一旦忘れたら食卓に出てきた。川鰻だか海鰻だかとメニューには書いてあって、英語の eel の表記を確認した。で、中国ではうなぎをどう料理するんだろう、と思って頼んだのでした。明らかにこりゃドジョウじゃない、と、ドジョウ食べたことのないわたしは思った。身がね、しなうような感じだ。たとえほんとにうなぎだとしても、日本で食べるうなぎとは全然違う。

それは丼みたいな浅鉢に入ってきて、長さが13㎝くらい、幅は1.5㎝くらい。うなぎみたいに開いてある。たぶん腹開きだ。浅鉢にたくさん入っている長いそれが重なって。汁ごと蒸したのだと思う。上に、辛い薬味が刻んでのせてある。四川の料理屋だった。

わたしは4本食べた。途中であれだ、あれだ、あれだ、と頭の中でそいつがうねったけれど、ここでそれを口に出してはみんなをビビらすと思って食べた。合計で4本です。汁はうまかったが、汁を飲んでも、あれだ、あれだ、あれだ、とうねったので、それ以上食べませんでした。ぬらぬらした皮と、しなるような身のかたさが、記憶に残っています。ああなんて日本のうなぎの蒲焼きったらやさしいほぐれるような身をしているんだろう。

市場にね、行ったとき、おもしろかった。なんてったって、そこでは、わたしがダントツだ。日本人の女が八人で歩いた。でも、ナイスなのは、わたしだけだぜ。どうしてみんなあんなに早く通り過ぎちゃうんだろう。食べもの関係者なのに。市場で受け入れられたら、その町ではたぶん、絶対、身の安全は保障されたも同然だと思うんだよね、食いなとか食いものを買いな、と笑いかけられて笑い返したら、まず殺されないような気がするじゃない。食いな、といったそばから(まあ普通の生活では)、殺しはしないじゃない。で、市場は普通の人の暮らしを、女が子どもをあやしていたりして支えるところじゃない。上海のその市場では、ここに座れ、といって店番させられもしたんだぜ。やっぱりダントツでしょ。もしそこですべてなくしちゃったり、急に兵隊とかが来てもさ、わたし、けっこう男を見つけて生きてけると思うんだよね。その場所でさ。残念ながら、娼婦じゃなくて、なんか、もちょっと健康的な役回りでね。でも、大体、早足で一巡りしただけの女の人たちはさ、やっぱり観光客なんだよねえ。これは、でも、エッチな夢を見る若い男のような、わたしの妄想かもしれない。

市場のビーフン

市場とか屋台ってパワーがあります。そして市場のそばの食べ物屋って、素材が胃袋直結！って感じです。昔、タイの屋台でパッタイ（ビーフンの焼きそば）を食べたとき、おばちゃんがガンガンに火をつけて中華鍋でビーフン焼いてて……すごく好きでした。火がゴーッとあがると、におい立つものがある。ああいうのはやっぱり五感に訴えてくる。喜びがこみ上げてくる。そこでビーフンのレシピ。

❶ビーフンの乾麺2人分（100〜120g）をぬるま湯につけて、くにゃっと曲がったくらいでザルにとる。

❷好みの具を適当に炒めて、チキンスープを1カップ用意（スープの素をといておく）。

❸具とビーフンを油をしいたフライパンで炒めて、ビーフンが油でコーティングされたなと思ったらスープを少しずつ加えて吸わせる。最後塩胡椒、ナンプラーなどで味付け。

わたしの好きな具は、生に近いもやしや生に近いニラ、それに豚肉。最初にタイカレーペースト小さじ1ぐらいを油に加えて、香りをたたせることもあります。

3／23　ひろみ

ねこちゃん、今日はね
朝　くるみパン（もっとしっかり根性のあるパンが食ひたい）インスタントコーヒーもどき3杯、ふつうのコーヒー、お茶……このごろ水分気をつけてとってるの、便秘予防だ、これもまたあたしの命題さ。
昼　くるみパン、インスタントコーヒーもどき数杯。
おやつにおせんべ、牛乳プリン、きんつば。
夜　昨日つくったチキンのモモの照り煮というのかこってり煮たやつ、コーンスープ、きゅうりのせんぎりとツナまぜてしょうゆで味つけたやつ、サラダ菜とラディシュ（今日のサラ子の収穫）のサラダ、あと残りご飯でオムライスつくった、あたしは納豆かけて白ご飯食べた。今日のメインはきっと牛乳プリンだね。知ってる？　森永ので、大きい白いカップ入りの。むかし食べたことあったんだけど、ずっと、そういうの食べてなくて、たいてい手づくりしちゃってて、ひさしぶりに買ってみたら、手づくりにはないそのぷるぷる感にうちのめされた。甘いし。ああいうぷるぷるが好きでたまらなかった一時期があった。いまでもきっと好きなんだ。病気のときはぷるぷるもの。癒えますよ。ゼリー、プリン、煮こごり、寒天、牛乳プリンはそのなかでもぷるぷるさがじつにいい。

それからチキン照り煮はたいていモモ肉でやるんだけど、きょうは骨つきの、なんていうの、手羽のいちばん先っちょじゃないとこ、あそこも一緒に煮て、みんなざつに肉を食べて、あたしが食いのこしをぜんぶいただいて、かりこりかりこり軟骨をたいらげた。

この料理、モモ肉はよーく焼いた皮がいちばんおいしくて（でもこれはみんなもそう思ってるので、ひとりじめできない）、手羽は軟骨がおいしい（これはひとりじめできる）。あたしは、前世で軟骨と何かあったんじゃないかと思うくらい、軟骨が好きだ。フランスパンのエピっていうの？　ああいう、皮ばっかのフランスパンがあるように、フォアグラとるための肝臓の肥大したあひる（がちょう？）がつくられてるように、あたしは軟骨だけのトリ肉ってあるといいと……思ってるよ、ほんきで。と、昨日書いた。今日はAさんがいない。このごろAさんがいないと、カノコ、サラ子、トメとあたし、親子四人すごく平和で親密で楽しいのさ。いないほうが楽しいのさ。あたしがいなくてもそうなのかも。でもとにかく四人（ほとんど三人だが）でものすごく楽しいのさ。料理は手抜き。

で、朝は地道にふつう。昼は菓子パン大会（ちかくのパン屋で、トライアングルという菓子パン、食パン三角に切って間にチーズクリームはさんで上からクッキー地かぶせて焼いてある、すごいアディクティブな味なのだ）。このパン屋、いなかパンってのがおいしい。なかなかしこっとしたパン、フィリピンの塩パンみたいな感じの小さなロールで、1こ50円で、おいしかったのに、パン屋が製造をやめてしまった。あとのパン生地は化学調味料の味がするのであんまり買わなくなった。

夜は、のりまき大会をした。具は、ツナマヨネーズ、きゅうり、納豆、かんぴょう、ゆでウィンナ、だ。一人一枚ずつスダレをもって、のりまきつくりながら（あたし自身はのりまきって苦手で、ろくにつくったことない）食べて、子どもらは、食った食った。それに土手でつんだつくしの卵とじ（けっきょくあたしがほとんど食べた）。ごぼうと糸こんにゃくの煮たの（このごろアディクションまではいかないけど、なんだか生協の宅配で、毎回、糸こんにゃくを頼んじゃうの。しかも生協は、エフコープってのとグリーンコープってのと、ふたつ入ってるから、毎週2回糸こんにゃくが来る。しかも、このごろかならずヨーグルトもふたつずつ来るうえに近所のスーパーでも買ってるから、どういうわけか冷蔵庫に、常時4つ5つのヨーグルトが常備してある。まあ、食べるからなんだけど、なんだってそんなにたくさん常備したいのかはわかんない)。にらととうふと卵のみそ汁（これは長女カノコの好物で、離乳食のときから好きで食べまくっていたといういわくつき）。

デザートは土手でつんだよもぎ団子（今年2回目。子どもたちはひまだからさ、芽だけつむから、じつにおいしいよもぎ味になる。子どもが小さいころは、よもぎつませるたびに、枯れ草やなんやらが入っていて、選《よ》るのがたいへんだった。今日の団子はカノコにつくらせた）。

毎年春にはつくしやよもぎを何回か食べる。ふきのとうもあるけど、あんまりかわいいから取れない。初夏には木いちご草いちごのジャムだ。もっと野生の木の実や草の実根っこ葉っぱが食える、そういうのがあるとこに育って、住んで、いたらよかった。好きなんだよね、こういう採集食が。むかしからどんぐりみては食いたいと思い、道端のエンバクみてはどうしたら食えるだろうと思い、けっきょくいつもどこかで、万が一、地球がSF規模の崩壊状態においちいったときにあたしはそういうものを食べてサバイバルするのだということを考えていたのだ。

　昨日、よもぎをつんでいた次女サラ子が、おかあさん来て、来てといって、あたしを土手の上に連れていった。何だと思う？

　蛇の皮です。すっぽり脱いであった。あたしはそれを拾って帰って（サラ子はさわれない）あたしの部屋の壁にピンでとめた。ふふふ、あたしは爬虫類が好き。さわるのもつかまえるのも（たぶん、食べるのも）（フィリピンで食べたフライドトカゲはおいしかった）。

　け（ぜ）ーむしょは、あたしも父にやってもらっているので、解禁になってすぐ父と行ってきた。ものすごく気が早い男なんだ、父は。ぜんぜん似てないでしょ。いや、似てるってか。もう還付金かえってきた。

　そして、誕生日おめでとう。バナナブレッド（大好き）の上にチョコレートファッジブラウニー（死ぬほど好き）をかさねて、その上にチーズクリームのたっぷりかかったキャロットケーキ（大好き）をかさねて、上からくるみ入りのホットなチョコレートソースをかけましょう。てなバースデーケーキを心であじわってください（なに、甘すぎるからいやってか？）。

今年は……いい年でありたいね。いい年でね。

チキンの照り煮

フライパンをよくよく熱して、鶏モモの皮を下にして並べて、弱火で、じっくりと皮を焼いて脂を出す。大量の脂が出る。それは捨てる。皮に焦げ色がおいしくついたら、ざっとフライパンを洗って、あらためて並べて、みりん、酒、しょうゆ、八角、しょうが、ふたをして、煮込む。さいごにふたを取って、強火にして、照りかえらせる。みりんもしょうゆもどばどばと入れるだけで、計ったことはない。最初水っぽくて、あっ失敗だと思っても、煮込むうちに「いいにおい」がしてきて、「いい色」になってくる。八角を入れるとぷんっとにおいに乗って、日常から足を(ほんの半歩ですけど)踏みはずせる気がします。しょうがだけだとなじみすぎていて、そうはいかない。

3/24

ねこ

ひろみちゃん

こんばんわ。今、テレビでアフガニスタンの番組を見終わったところ。内戦で、ほとんど廃墟みたいになったところで暮らしている人たちの様子でした。いろんなことに無駄遣いしたり、食べ物を無駄にしてる自分のこと考えてしまうよね、やっぱり。

誕生日であったおととい、孤独な暮らしに同情してくれたのであろう某誌の編集部の人たちが飲みに誘ってくれて、23日にお誕生日の女の人もいて、飲み狂った。おかげで、昨日は、ほんとに一日中寝ていた。頭ががんがんしていました。

二日酔いとゆーのは、どういうものなんだろう。血の中にたくさんのアルコールが入って、それが体中を駆けめぐって、寝ている間にも駆けめぐったままで、ちょっと正しい呼吸を忘れちゃうんじゃないかしら。だから血の中に酸素が足りなくなっちゃって、酸欠みたいになるからこんなに頭が痛くなっちゃうんじゃないかしら、と思った、もーろーと目覚めた頭で。わたしは吐きまくるときもあるんですが、昨日は吐かずに頭ががんがんしたんです。

わたし、昔、酸素過多症ってゆうやつ、やったことあるのね。転形*で、宇都宮の大谷石の石切場（地下）で芝居やったとき。興奮状態と疲れが重なって、息を吸いすぎちゃって、体の中の酸素が多くなりすぎたらしい。それは酸欠とほとんど同じ症状が出るということで、息が苦しくなって、息ができないって思った。地上に上がって、太田さんに、あそこは地下深いから息ができないんですって言ったら、何バカ言ってんだって言われた。酸素過多症は、甘やかされて育った人がなりやすいってその後聞いた。

二日酔いのときのわたしは、這いずるようにしてキッチンにやってきて、何か食べなきゃ、何か食べてお酒うすめなきゃ、と思います。お水をコップに2杯くらい飲んで、インスタントラーメンを作って食べた。再び寝た。

夕方に起きて大根と人参とごぼうとじゃがいもと長ねぎの入ったおみそ汁を作って、何だったか冷凍庫にあったおかずとご飯もレンジにかけて食べて、また寝た。夜に起きて（7時か8時ころ）少し仕事しかけたけど、10時にもう寝てしまいました。

そうだ、デコポンという、ハッサクみたいなみかんも3個食べた。

今日の朝もまだぼけていて、6時に起きるはず（目覚ましをかけた）が、9時まで寝ました。脳細胞が100万個なくなっちゃった感じ。家中いろんな花がたくさんあるんですが（もらった）、心も頭も、花と同じにふわふわ色だ。

朝は冷凍庫にいたピタパンに大豆のトマト煮（これも冷凍庫にいた）をつめて、コーヒーを入れて、いんげんのサラダを作って食べた。お昼過ぎに根菜みそ汁を再び食べた。打ち合わせにやってくる人が、おばあさんの88歳のお祝いがあると言っていたので、抹茶入りのシフォンケーキ焼いて、あげた。穴の中に、もらった花、つんで積めて包んだ。夜はスパゲティを作った。ご飯を炊く気力がなかったからです。

おとといの誕生日の大騒ぎのお店で（小さな店やでした）、鰈《かれい》の刺身を食べた。その店に着いたときから、カウンターの中のボウルの中で、頭を落とされた鰈が、びくびくとずうっと動いていた。

筋肉が（というか、ほんと筋肉みたいな動きなんだ……）ずうっとビクビクほんとにずうーっと動いてるんだよね。やっぱり、こーゆーのって、けっこうしょーげき的っす（蛇のつづきでこれじゃ、あんまりですが）。人間は脳、というのがあるけれど、たとえばサンショウ魚みたいなのは脊椎からずうっと脳みたいなもんだって、読んだ、むかし。尾っぽのほうからすうっととおる細い神経の先端が、マッチ棒みたいにちょっとふくらんでいて、それが脳といえばいえるけれど、働きで考えるとその全部が脳みたいなもんなんだってゆうふうにわたしは理解したんだよね。だからからだのほうにも脳が、というか、生命維持装置があるから、あんなふうにビクビクしていられるのかしら。

ともあれ、うまかったです。しょうゆとわさびつけて食べました。刺身って、ふだんはほとんど執着がない、自分から率先して食べたいって思わない。ちょっとだけで満足しちゃうんですが、おいしいやつって、ほんとうにおいしいんでびっくりするね。あれってなんなんだろね。

やっぱり生命のうまさかね。でも普段は、いきあたりばったりの食生活です。採集食。いーやねー。この草は食えるか食えないかっていうの、都会でできる野蛮な遊びってかんじだよねー。ひろみちゃんちの前の土手、思いだします。やっぱり、このへんは寂しいです。うちの前には高速道路が走ってます（見えはしないけど）。

＊　わたしが役者をしていた演劇集団「転形劇場」のこと。後出の「太田さん」は、その主宰者・太田省吾氏。

二日酔いの梅とろろにゅうめん

最近はとんと飲みませんが、わたしは根がお調子者なので、水みたいに酒を飲んじゃうことが年に2～3回あります。そういうときは死の苦しみ。ラーメン食べれるくらいなら、大したことがなかったのでしょう。二日酔いのときによく登場するのは、梅とろろにゅうめん。そうめんを茹でて、塩で薄めに味を付けただしに入れて、すり下ろした長芋と、たたいた梅干しをのせるだけ。体力が徹底的に弱っているときのだしは、昆布茶とか「白だし」という市販のつゆの素で作ったり。も少し元気なときは、小鍋に小さなストレーナーを浸して、直に鰹節いれて超ラフにだしをとることも。だしってうまいなってしみじみ思う。く～しみるね～、なんて、急にお父さんみたいになっちゃう。

3／25　　ひろみ

ねこちゃん

昨日は、Aさんのつくった30倍に薄めたような牛丼。それからあたしのつくった、ちんげん菜をゆでて上に中華野菜（という冷凍の野菜MIX）ときくらげとツナでつくったあんをかけたやつ。なめこと豆腐のみそ汁。

でもごはんはちっとも楽しくなかった。あたしがキレて泣いたからだ。子どもの前でそういうのはもうやめたいと思っているが、ときどきキレる。すっごくつまんないことでキレるあたしはバカでした。

5時ごろうちの親から、みたらし団子をつくったから取りに来いと電話があって、取りに行った。Aさんはまだ帰ってきてなかったから、つい子どもに、みたらし団子を食べさせてしまった。そのみたらし団子はこの間から母が試行錯誤してて、何回もひどい失敗作を食べさせられて、やっとできた会心の作。

ものを食べさせるのは、あたしの親にとって、孫とコミュニケートできるゆいいつの方法。それは、子どもたちもとっくにわかっていて、おいしいおいしいと食べてみせる。一方で、あたしは10年間、Aさんの主義「なにがなんでも、ごはんをおいしく食べる」にいいだくだくとしたがって、子どもたちにごはん前にものを食べさせないようずっとこころがけてきた。

なんだか自分がないですが。

でも食べさせたい親の気持ちについ揺らいで、その日はAさんが料理担当ってことも忘れて、食べさせちゃったら、ごはんどきにサラ子が食べないわけ。Aさんはむくれて、あたしは緊張に負けてキレた。

ここんところ、まだねこちゃんに言ってないようなことがいろいろあって、※※市行きのこととか、Aさんとあたしが（以下1行脱落）Aさんがそれでも昔どおり全員を管理しているつもりになってることとか、あたし自身がそういうAさんが家の中にいるっていうことにうんざりしていることとか、まあ、いろいろいろいろあって。

なんであたしって食生活食習慣にかんして自分の意見がなくって、あ西さんあ東さんというように（賢治だ）Aさんの意見に左右されて生きてきたんだろうと……。そして自分自身の食習慣はほんとにろくすっぽ確立されておらず、食べたいのか食べたくないのか空腹かそうじゃないかも判断できないんだ、情けなや。食習慣だけじゃないよ。生活全般がそう。

むかし「ちーしたい」「ちーでる」って教わったでしょ。覚えてる？　1歳とか2歳のころ。ちーしたいときは「ちーでる」って言えば、トイレに連れていってもらえてさ。あれよ、あれ。あれがまだできてない感じ。「ちーしたい」も「何かたべたい」も「せっくすしたい」も、なんかはっきりきちんと感じとれないまま、人に伝えられないまま、生きてきちゃったような。

で、キレて泣いた。

この10年、ほんとにきゅうくつだった。Aさんはおそらく正しいのだろうと思うけれども、きゅうくつだった。ちーしたいときにちーをする、食べたいときに食べる、食べるべきときには食べないでいい、というのが、あたしが、家庭的に反乱をおこしたときに、まずやったことだったような気がする。少し家庭的に落ち着くと、またいいだくだくとしたがっている、情けない。

Aさんの牛丼はまずかったが、あたしは、人のつくったものにかんしては強迫的に「おいしい、おいしい」といって食べなければいけないような気がするので、熱心に食べた。おかわりまでした。いつもそうだ。強迫的に食べてる。

あたしは食後、残ったものをぜんぶ捨てた。あたしを泣かせた食べ物に復讐した。

食べることは、なんでこんなに強迫的なんだろう。

今日のお昼、マッシュポテト（このごろ名人になった。ふわふわのができる）に玉ねぎ入りのレバーソーセージ、夜はAさんがいないので、たぶん手抜き。冷凍のラザーニャがあるから。

マッシュポテト

ゆであげたじゃがいもの水気を飛ばして、バター、クリームチーズ、刻みチーズ、牛乳、チキンスープ、なんでもいいんですが、手元にある脂肪分と水分を、これでもかというほどぶちこんで、マッシュ器で、親の敵みたいに、もうこてんぱんに、渾身の力をこめて、マッシュしつづける。水分を吸い込み、空気を取り入れ、なにもかもが融合して、ふわふわな軽やかさが出てくるまで。

3/26

ひろみ

ねこちゃん

朝は、ゆうべ炊いて食べなかったご飯を子どもが食べた。ゆうべはAさんがマカロニグラタンをつくった。かんづめのホワイトソースをゆでたマカロニの上にどーんとぶちあけて大きいキャセロールまるごと一杯焼くという逸品。それ一品なので悲しいときがあるが、文句はいわない。サイドに、あたしが、春キャベツのハンバーグだねかさね煮をつくった。

で、朝なんです。ごはんに、サラ子がかぼちゃのみそ汁食べたいというし、半熟のゆで卵を卵スタンドに立てて食べたいというから、そのとおりつくって海苔も出してやった。カノコは納豆を自分でつくって食べてた（サラ子は納豆は食べない）。Aさんはゆうべはいなくて、朝ごはんのときに帰ってきて、エスプレッソコーヒーを入れてくれた。何も後ろめたく思うことはないのに、こそこそっとした感じに見えるのはあたしの気のせい？　最初こういう形態を取りはじめたとき、あたしはむちゃくちゃ文句を言ったが、あれはかんぺき、あたしが勝手だったと思う。自分だってさんざんやってたし、あたしの方がAさんをさんざん巻き込んで毒を振りまいてたんだし。反省している。でも、Aさんのやり方でやっていくと、家族は音を立てて壊れていくんだろうなあという予感はあった。予感はあたった。

たいへん、もろいものであーる。家族とわ。

で、エスプレッソ。濃すぎた。あたしはごはんを食べたくなくて（なんだか反抗だ。反抗するときはまず米の飯をやっつけるのだ）ふかし芋にチョコレートクリームつけて食べた。甘いものが食べたい。くそ甘いもの。脳髄のとろけるようなもの。

3/27

ねこ

ひろみちゃんからFAXくるでしょ。そうすると、ああ、そうか、一人の食事と、家族の……家族を構成してゆくための食事とは、このように違うもんなんだなあって思ってた。具体的に子どもを食わせねばならんのだなあ、そうなるとやっぱり、違うもんなんだなあと思ってた。だって、わたしの食事って……仕事がらみだったりするから、ちょっと特殊だけどさ、一人の、時間も何もかも不規則な暮らしの中の食事だものね。で、もちろん自分自身の食習慣なんて、全く確立のかけらもみせておりやしません（これはわたしの性質によるところも大きいと思ってます）。でも、たぶん、家族をやってゆくために食習慣を確立してゆくようなところ、あるんだろうねー。それでたぶん、今、家族の形を変えていくところにきてるのかもしんないよね。気をしっかりおもち。あんまり不安定なところに追いつめんじゃないぜ、自分のこと。

きのう男（J）が台湾から帰ってきて（帰ってきたのはおとといだけど）、3ヵ月と2週間ぶりくらいに、わたしたち、会った。わたし、男来ると思ったから、おとといの仕事の買い物のとき、いつもより少しだけよけいに買い物した。コーヒーを余分に買い置きして、ほうれん草と菜の花と鰆の西京漬け（めちゃめちゃ高いヤツ。大ふんぱつだ）と、豚肉のしゃぶしゃぶ用の薄切りと、イチゴを買った。男は台湾帰りだから、ノンオイル系にはしるのじゃないかというわたしの読みだ。

男から夕方電話があって、わたしは駅前まで歩いていった。わたしはなかなか家から出ない暮らしをしてるので、駅前まで歩いて会いに行くの、結構好きだ。で、わたしたちは、飲み屋にいった。果汁で割った焼酎など飲んで、あさりの酒蒸しと牛タンの塩焼きと、茄子の麻婆（これはわたしが頼んだ。頼む瞬間、すっかり中華系を避けておくべきを忘れていたのだ）を食べ、男はおむすびも食べた。

男はわたしと一緒のとき、外で食べるのを選ぶことが多いです。来るときも、ワインとコーンチップスとサルサなんかを買ってくる。これは、いつも仕事で作ってるから、今日は作らなくていいんだよ、と言葉でいうときもあるんですが、なんか、どこか、〝家〟のようなもんに入りたくないその男の性質というか、たち、みたいなの、あると思うんだよね。食べること、苦痛だと思うって言ってたことあったもん。で、なにか作るでしょ。そうすると、〝おいしそう〟とか〝おいしい〟とか〝ありがとう〟とか（ひろみちゃんと同じように）言わなければいけないと思ってるんだなって、わたし、わかる。これはたぶん、よその国での暮らしが長いせいだな、とも思う。でも本質的には、〝食〟にしばられたくないって思っているところあるな、きっと。で、もしわたしが作り、向こうが食べるという形が日常化したならば、新聞読んだりしてごはん食べたい男だとも思うの。だから、なにかコメントしなくちゃいけないの、しんどいんじゃないのかなあ。たぶん。

で、自分でも食事を作る、という作業、苦手だとわかっているから、それを女に要求しちゃいけないんだって律してるところあるんだとも思うんだよねえ。

結局、帰ってきて少しワイン飲んで、わたしお茶入れた。男は、もらいもんでおいてあった缶入りのクッキーを食べ、わたしが切ったチーズと漬け物（タイの。白菜のような、チンゲン菜のような形をして高菜漬けのような味がする）をのせた皿からチーズばっかりを選って食べた。何か作ろうか？と言っても、いらないと言った。

朝、わたしは10時に家で打ち合わせの約束があったので、早く起きて少し仕事をし、米をといだ（冷蔵庫にご飯がなかった）。コーヒーをポットに入れて、朝刊と一緒に、男のいるベッドのある部屋に持っていってから米を炊き、青菜をゆでて、おむすびを作った。仕事でうちに来た女の人とおむすびと菜の花の辛子和えを食べた。その人が1時間半程度で帰ってから、男にみそ汁とおむすびをだした。男は「おいしそう」と言ってから食べた。男は出かけ、わたしは残り、うんざりしながら仕事の続きをした。

わたしはその後、ビビンバご飯とおみそ汁の残りでごはんを1回食べ、クッキーを少し食べ、夜、おなかがすいたので、ゆでてあったほうれん草に残っていたツナ（わたしはあんまりツナを率先して食べたいと思わないけれど、仕事の残りがしょっちゅうある）をのせて、ゆず酢としょうゆをかけて食べた。冷蔵庫では、鰆の西京漬けと薄切りの豚肉とイチゴが、じいっとしてる。

Qとわたしは銀だらの西京漬けとご飯とかの食事、とても喜びあった。うまいよねえ、と言いあって食べた、一緒に住んでたころ。昨日郵便ポストに、宛名も自分の名前も何も書いていない、紙に包んだCDと手紙、あった。たぶん、誕生日だったから、わたしの。オーネットコールマンのCDと「What's a matter? Out of cavern comes a voice, And all it knows is that one word

"Rejoice!"どうしたんだろういったい　洞穴から声がする　そいつはただこんなことだけを言うんだ　〝喜びを抱け！〟」と書いてあった。

わたし、Qのそーゆーとこ、そーゆーの書くこととかに、愛憎抜き差しならない、みたいな感情になっちゃうんだよねえ。うろたえる。なんかちょっと、どうしたらいーんだ、とか思う。〝きょう、朝、ご飯と納豆食べました〟とか、そういう手紙、もっと具体的なやつ、もらいたいって思っちゃうところある。すごく落ち込んでいた年末から立ち直ったきっかけになったものを、きみにあげます、と電話で言ってた、前に。

わたしは、どうしたらよかろう、と思ったけど、あげたいと思って買った大竹伸朗さんの画集（ってゆうのか？）をバイク便で送った。しかしこれもまた、ちゅうぶらりんな、抽象的な、お返しだね。

昼間、打ち合わせをしていたときに、無言の電話あった（Qだと思うんです）。もしもしって言っても何も言わないので、切った。

それからJがやってきた。

どうして男の人たち、まとまるんだ。

さみしかったり、しんどかったり、一人でしてるわたしはなんなんだ。

ほんとにいつも混とんだ、と思う。ひろみちゃんとこも、そーだよねー。長くなった、すまん。打ち合わせに来た編集者の男の人、学生のときひろみちゃんに会ったって。ファンだったんだってさ。なんか、ひろみちゃんのことの研究発表みたいなのの集まりにひろみちゃんがカノコ（だとおもーけど）連れてきて、おっぱいあげてたって言ってたよ。

菜の花

「なほみ」の「な」は、本当は「菜」の字。春生まれのわたしの大切な花です。味は、ちょっとほろ苦くてクセがあるから、辛子とか、ゴマとかが合います。煮びたしなんかもおいしい。おひたしにするときは、普通に茹でて、水にとって水気をしぼって、こういう青物は全般そうだけど、根本を寄せ集める形で軸から葉先に向かって水気をしぼります。軽くしぼったら、根元のほうに薄口しょうゆや白しょうゆを少したらして、またきゅっきゅっきゅっとしぼっておく。こうすると下味がつきます。辛子和えのときなどでも先にこうしておくと、味にめりはりがつきます。

3/28

ひろみ

ねこちゃん
やっぱ、食べ物を食べさせるってのは、ある程度相手を性的に取りこむことなのかもしれない。人に取りこまれたがって、その人のつくったものを食べるのかもしれない。
例の男とは、あたしはなんにも食べなかった。もともと食べ物に執着しないタイプの男っていると思う。あの男と知り合ったとき、あたしは食べないことで、動揺をしずめようとした……危機のときは食べないにかぎる。だから短期間ですごくやせた。レストランみたいなとこに、一緒にものを食べに行ったことなんてぜんぜんない。夜明かししたことも一回も（強く！）ないもん。ベッドでゆっくりセックスしたこともまったく（叫ぶように！）ないもん。あの男にはあれだけこだわってぐちゃぐちゃになったのに、恋愛したー、関係をしっかり持ったーって感じがもてないのは、食べ物を食べなかったせいです。と断言したいが？

Bさん[*1]に食べさせることにはもはや何のちゅうちょもない。最初から、ぜんぜん性的に関係ないときから、一緒によく食った。一人でアメリカに行ってた最初の3カ月、あたしはBさんに、よくおごってもらった。ベトナム料理とメキシコ料理とサラダ・バー[*2]とインド料理とギリシャ料理に行った。

昨日と今日は子どもたちがごはんをつくった。あたしがレシピを簡単に書いて、それにしたがってやった（レシピ書きってむずかしいざんすねー）。

昨日はサラ子が「すずきのバター焼き」「毒きのこ[*3]（ゆで卵にトマトをかぶせたやつ……ゆで卵つくるのに、ねこちゃんの卵の本、見ていたよ）」、カノコが「ちんげん菜のオイスターソース炒め」「ほうれん草のみそ汁」。

今日はカノコが「豚肉薄切りを味つけてかたくり粉つけて油で焼いて、つゆで煮からめたの」「なすの蒸したのに市販のドレッシングかけたの」、サラ子が「きゅうりのせん切りにツナまぜたの」「かぼちゃの煮たの[*4]」だった。子どもはプレゼンテーションに凝るから。

食べ物をつくるのが楽しくてしょうがないみたい。こないだの「きょうの料理」（ねこちゃんのかじきまぐろの号）の子ども用の料理のレシピで、生クリームアイスつくった（それはすごくおもしろくてうまかった）んだけどさ、子ども用メニューで、ハンバーグとかオムライスとかつくったって、なんかしょうがないと思うの。子どもたちにこそ、もっと基本的なダイエット[*5]（日常食）、ケの食事のつくり方を教えたい。子どもは、レシピに分量、手際の時間が書いてあれば、読みながらけっこうつくれるもんだと感心した。

包丁のそこらに置き方、使ったものの置き方、後かたづけのしかた、そういうところまで教えねばならない。あたしはこんなことやらせてもらったことがない。母のやってるのをうるさがられながら見ていて、いつのまにか覚えたのだ。親方と丁稚《でっち》のような親子関係であった。

今日のお昼は、ほんとはお城まで花見に行きたかったし、じっさい行ったんだけど、曇っていて雨っぽくて、地面は昨夜の雨で濡れ濡れだったから、お弁当はうちで食べた。三色弁当、「親鶏のミンチ」を生協で毎週買ってて、しこしこかりかりしておいしい（骨が入ってるのかも）（中年女は固いのかも）。そのそぼろと、卵と、ゆでたほうれん草と人参のスライサーでスライスしたやつをさっと炒めて、塩と蜂蜜少々とごまで味つけしたやつ。なるべくしょうゆを使わないって制限を、今も自分に課していて（……修行中の剣士みたいだが）、せめて1品は使わないようにしている。

……昨日Aさんと話した。やっぱ、しばらく別れてみることにした。あたしは※※市に行かない。Aさんは行く。家族は解体する。

以前からちょこちょこ考えていたカリフォルニア行き、かなり具体的になってきた。荒唐無稽と思ってたんだけど、具体的に考えりゃ、できないことでもないなと思った。どら、ちょこっとカリフォルニアさ行って、Bさんと、家族の、仕込みなおしさするべかなーてな感じ、まだ今いちSFっぽいけど。

子どもたちにたいしては、以下の選択肢があった。

・カノコが※※市、サラ子がカリフォルニア
・カノコがカリフォルニア、サラ子が※※市
・カノコとサラ子がカリフォルニア（おとうさんにはあんまり会えない）
・二人とも※※市（おかあさんにはあんまり会えない）
・二人ともここに残る（あたしはBさんと家族を再編成しない）（どうしても子どもがそれを選ぶなら、それもありかと思ったよ）
・以上をひとつ選んだ上で、数年して場所を替える

サラ子が、へえけっこういっぱい選べるんだね、といった（カノコは、だまっていた）。

ばかだね、そりゃそうだけど、とりあえずどれか選ぼうっていってるんだってば、とあたしがいったら、じゃカリフォルニアに行く、と二人とも即座にいった（わかってた、あたしには）。二人は、二人が別れるのは絶対にいやだといった（10分前までなぐりあいしてた）。

じゃとりあえず1年か2年、そのあとはまあ……ってAさんが。あたしは内心ひそかに「あとは野となれ山となれ」と唱えていたっけ。今あたしは子どもが必要で、Aさんはあたしほど子どもを必要としてないから、とAさんはいう。とりあえずの応急処置、まあ実験みたいなものだからって。なんかねー。このごにおよんでぶんがくやってんじゃねえっとか思っちゃったが。まー、Aさんだからなー。

Aさん、すごい決断ではある。あっぱれである。あっけない決断である。

しかしね、ねこちゃん、あたしはいきなり楽になった。

＊1　あたしはこのころカリフォルニアと日本で家庭のかけもちをしていたようなもんで……。で、カリフォルニアのパートナーがBさん。よくうろつくタイプの猫が、こっちの家庭でタマ、こっちの家庭でゴロなどと好き勝手に名前をつけられな

がら、なんとなくどっちの家庭にも属しつつ、生きてるのがいますけど、あんな感じ。飛行機に飛び乗る寸前までばたばたとお勝手かたづけたり仕事したりして、ふだんぎで飛行場に行って、飛行機乗って映画見て、着くとたちまちスーパーに買い出しに行ってという、環太平洋的に回遊するマグロかカツオみたいな主婦の生活してたんです。

＊2　カリフォルニアのサラダ・バーの特徴は、ブロッコリ、カリフラワー、もやしが生であること。ワカメ、海藻のたぐいがないこと。梅ジソ風味のしょうゆ味ドレッシングもないこと。

＊3　トマトを半分に切って中をくりぬき、ゆで卵にかぶせる。上にマヨネーズをベニテングダケのように飾る。料理雑誌で数年前に見て、それ以来、二人の得意料理……というほどのことでもないか。

＊4　かぼちゃを切って、煮る。ときどき砂糖のかわりに缶づめのあんこを使う。しょうゆを入れなければ、あとで、ケーキに入れられる。

＊5　英語のこのことばにはいろんな意味があって、まず、「日常の食べ物、常食」という意味、それから「美容、体重調節のための、食餌療法」(これが耳に親しいやつ)、それから「国会」。

しょうゆは使わない

あたしは、チーズ、オリーブオイルやバター、胡椒以外の香辛料という非日本的なものがつづくとうんざりしてくるので、Bさんも同じだろうという思いやりからはじめた、「食卓に一品はしょうゆを使わないものを」運動。けっこうむずかしいが、小さな窓がひらけた感じがして爽快である。反対に、Bさんが料理担当のときは、そのたいていのものに、しょうゆをかけたいという誘惑に駆られるんですが、そこをこらえるのがまたマゾヒスティックに快感なんです。

3/29　ねこ

ひろみちゃんこんばんわ。

わたしはついさっき仕事を終えて、アシスタントのくりちゃんとともに例の鰆の西京漬けでごはんをたべたところです。おかずはその鰆、キャベツとブロッコリの蒸し煮、トマトとしいたけのかき玉スープ（これらは撮影の残りです）。そうだ、セロリのつくだ煮も食べよーと思っていたのに忘れた。セロリのつくだ煮は残っていたセロリをやっつけるために昨日作った。わたしの食卓は、ホントにはんぱものとの戦いです。

鰆はめちゃめちゃうまかったです。「上等」という味がしました。

今日は若い女の人向けの雑誌の、ひとりぐらしの食生活がどーのこーのという特集の中の、ダイエットごはんのところを撮影してました。油を使わないように、低カロリーで、てなことばっかり考えながら、それも一人分、ちまちまと小さいフライパンやなんかでこちゃこちゃ料理してると、ああもぉ！　油をがんがん使って、中華鍋に炎がんがんあげて料理してーぜっと思う。沖縄の豚肉の煮込み、脂身で口の回りをぬるぬるにしてたときがなつかしい、とも思う。でもまあ、その低カロリーをうまく作る、とゆーのも、けっこうクイズみたいで楽しいんだけどね。カロリーを計算すんのは、やだな。数字、ほんとうに嫌いだもの。数字を計算しながら料理するくらいなら、うーん断食じゃーとも思うが、やっぱりちょっとはやせたいとも思うが……とにかく数字は嫌い、数字は。

昨日は麺のメニューを30コくらいと、豆腐のメニューを20コくらい考えた。わたし、料理汚染されてるかもしれない、頭の中。おまけに朝一番に、阿部なを*さんからのTELで起きた。わたし、ぼおーっとしていて、うまく答えられなかった。ちょっとイライラさせてしまったみたい。大好きなんだけど、ほんとに好きなんだけど、年をとるって、どういうことだろうって急に思ってしまう。かっこいい年寄りはそれなりにやっぱりしっかりと強固な我も確立してきたわけで、ふりとばされてしまうんだろうか、わたしみたいのは。

落ち込んだので、すぐまた再び寝てしまった。雲みたいにとらえどころのないやつになって、自分のゆっくりペースを確立するしかないかもしれない。落ち込まないことにした。

ともあれ、お休みなさい。明日は早く起きて仕事やっつけて、男と遊ぶの。えっちもすんの。

＊料理研究家であり、人形作家である84歳の女性。青森県生まれ。このFAXレターをやりとりしていた年の秋に他界。

セロリの漬けもの

セロリは苦手という人、多いですが、けっこうおもしろい素材です。漬けものも簡単にできちゃいます。

❶セロリを棒状に、3センチくらいで切ります。
❷薄口しょうゆ、酢、水を1：1：1でまぜます。これが、あらゆる漬けものに応用できるベースとなりますが、しょうがの千切り、刻んだ昆布、鷹の爪小口切りをまぜてもいい。わたしはセロリが一番うまいと思うけど、人参や大根、白うりを漬けてもおいしいです。こくをだしたかったらゴマ油、にんにくを加えたりもします。
❸30分ぐらい置けば、できあがり。3、4日はもちます。

もっと簡単なのは、セロリの味噌づけで、味噌をまわりにつけてラップにくるんで30分ぐらい。すりおろしにんにく、コチジャン、などを入れてもいいです。

4／1

ひろみ

ねこちゃん

えっちはしたかーい？

Aさんが、今日は外に食べに行こうといった。まあ「外」っていったって、ロイヤルホスト、ばんばん寿司、おそばや、ガスト……子ども連れってこんなもんですよ。それでもあたしは貧乏性だからなかなか外食しない。いや、このごろ、外食してもなかなか食べたいものに出会わないような気がするの。それでどうも行きたくなくなっちゃうんだよね。

食べたあとは、おいしかったといつも思うんだけど、食べる前に、さあ何が食べたいかなーと考えると、行ける範囲のレストランに、食べたいものは何にもない。

とにかくどこかに食べに行こうとAさんが誘ったら、子どもたちが、自分たちでつくりたいといって、あたしは二人を連れてスーパーに行って、牛モモの薄切り、子持ちカレイ、小松菜、りんご、豆腐、生クリーム、ヨーグルト、ポテチ、かぼちゃ、きゅうり、あずき、バナナを買ってきた。今日はサラ子の「ビーフストロガノフ」、明日カノコは「カレイの煮つけ」だ。ご近所からすっごく大きなパン（どっしりしておいしいのを焼く人がいる）をもらった。

質問・西京漬けってどんなのだ？　高かったっていくらくらいするのだ？　低カロリーのはどんなのつくったの？　いつ出る雑誌？　あたし低カロリーの料理って好き。やっぱ安心するもん。胃下垂胃弱の摂食障害者あがりはどうしてもね。

あたし、台所からまずかたづけはじめた。

ちっとも使わないのにずっと並べてあったハーブを捨てた。何年もぶらさがってホコリまみれだったドライフラワーも捨てた。集めておいたびんを捨てた。あたしはびん集めがほとんど趣味と化していて、生協のマヨネーズ、びんは使いにくいのにわざわざびんのを買っていたのは、ひとえにびんがほしいからだった。空の、洗って乾かしたやつが、たくさん山になっている。それを捨てた。生協のマヨネーズのつぎに好きだった、各種のジャムのびんも捨てた。捨てた。捨てた。がちゃんがちゃんとびんとびんのぶつかる音が耳にこびりつく。

10年間この家庭で主婦やってきて、たいせつな物といったら、本とCD以外には、集めたびんってのがなさけない。まねき猫やぬいぐるみは箱に入れた。さすがに捨てがたいので地下に潜ってもらうことにして、と（びびびとガムテープを段ボールに貼る音）。

身ひとつってこんな感じか。さいわい洋服もろくすっぽ持ってない。帰ってくるかね。どこに？　これ以後あたしはしばらくあたし自身の住む家を、日本の国内に持たない（持てない）と思うと、たんぽぽのわた毛みたいに身軽。そんで野原じゅうを風が吹きわたってるみたいに身軽。これで子どもさえいなけりゃなー、もっと捨て身の身軽さがあるんだけどね。ま、今は、子どもを思いっきりひきずりたいのよ。

オプティミスティックに考えたい。オプティミスティックに。うん、考えるぞ、オプティミスティックに。まあ、考えていい状況であると思う、のか、思いたいのか。思うぞ。とにかく。

これからどんどん身のまわりから物を減らしていく。それが楽しみだ。今日、雑誌を見てたら、うれしなつかし、ねこちゃんに会った。

4／1

ねこ

ひろみちゃん

元気ですか？　いろいろに動くよね、いろんなこと。

昨日は朝、トーストとカッテージチーズとはんぱ野菜のスクランブルエッグとコーヒー。午後（……そういえば昨日は雨降りだった）、男の取材している国の展覧会をやっている街で、男と待ち合わせ。その後、その国の大使という肌の色の違うおじさんとインフォメーションネットワークというのをやっている不思議な感じのおばさんと絵描きの人とコーヒーを飲んだ。わたしは黙ってすわってた。ああいうときって退屈だ。おまけに自分がバカみたいに思える。

そののち、新橋から銀座に出、広尾に戻り、コーヒーと食料を買って一緒に帰ってきた。土曜日の夕方のスーパーマーケットは、夫婦（のようなカップル）がたくさんいて、わたしは常々仕事でばかり買い物に行き、えーい、邪魔だ邪魔だーと思っているんだけれど、昨日は男と一緒で単純にうれしかった。何か復讐してるみたいだとも、そんなこと思うのバカみたいだなあとも思った。

でも、大体は一人で見ていて、数語、何買う？とかしゃべっただけなのにね。

帰ってくる途中で、わたし花も買う、と言ったら、男は、コンドームを買うと言い、花とコンドーム、と二人で言って笑った。べつべつの店にばらばらに行った。帰ってきてから買ってきた空豆をゆでた。空豆のさやの内側は白くてふかふかで、しかもうっすらしめっぽかった。ねっ気持ちいいでしょう、とわたしは男に見せた。けれど、牛の、イギリスの狂牛病って、牛の脳みそがスポンジ状になるっていうスポンジ状って、こういうふうなスポンジ状かしら、とも思った。

まず空豆をゆでた。鍋の水気を切ってから、少しからいりして水分をとばした。何かまじないみたいだけれど、ちょっと料理に力がこもった気がした。塩と一緒に茶色の皿にのせた。ビールをあけた。その後、鶏の手羽先をスパイスにつけ込んだ。わたし、これ好きだ。持ってるシード状のスパイスを適当に混ぜて、すり鉢でする。ディルにクミンにコリアンダーにフェヌグリークにマスタードシードに粒胡椒に、と、ごりごり適当につぶして岩塩も一緒にすって、オールシーズニングとカイエンペパーも入れて、鶏の手羽を半分に切ったのにまぶす。

で、下味をつけておいて、その間に牛タンを焼いた。男が牛タンが好きというので買ったの。スライスしたやつ。

わたしはふだん、あんまり買わない。正月やパーティーのときなんかに、1本まるごとを買って、ゆでるときはある。スライスを買うのは2回目くらいだ。にんにくを少しすり下ろしてまぶす。そうだ、と思って、岩塩もすり下ろしてまぶす（普通の粗塩より、気負ったの）。で、シンプルシンプルと思って、フライパンでざっと焼いた。クレソンとチコリを皿にのせて、ドレッシングをかけて、その上に牛タンをのせた。赤ワインもあけた。牛タンは上手にできた。上等の塩味だ。ご飯にすることにした。ししとうとこんにゃくのおかか炒めも唐突に作った。みそ汁は豆腐と小松菜だ。ご飯はアボカドと鮪《まぐろ》のむき身と刻んだねぎを混ぜてのせたやつ。しょうゆをかけて、ぐちゃぐちゃまぜて食べる。鶏は料理するの、楽しかった。テレビのサッカーを見ながらごはんを食べた。鶏は結局焼かれなかった。男は、とてもたくさん食べ過ぎたと言って胃薬を飲んだ。そんなものかなあとわたしは思ったけど、牛タンは大体男が食べたし、ご飯もわたしのより多くよそったからそのせいかしら、と思った。でもやっぱり、人はそんなには食べないもんなのかもしれない。ハレ（＝つくりたい）の気持ちとケ（＝日常）の食欲。

男は朝になって、仕事道具をとりに自分の家に戻り、わたしは再び眠り、男が取材しているイベントを見に日比谷公園へ行った。

……と、ここで、ひろみちゃんから電話。

そう。カンボジア、アンコールワット、行こう！　わたしね、カンボジアの男って、いいと思うなー。なんだか、希望、ということ考えたもの、男たちの顔見て。

「アンコールワット、第二回廊、南門のあたりは、ときおりスクーターが通るくらいで静かなところです。正面左のほうに森の中を抜ける道、あたたかで、吹く風はそれまでの記憶の中のどんな風よりも心地よい。そこに、その場所にわたしがいることを迎え入れてくれるような風が吹きます。安堵です」……ノートのメモだ。帰ってきてからの。

風に癒されるんだよう。森や堀が、もうほんとにほんとに夢のように美しいんだよう。一日中いてもあきないんだよう。住みたいと思ってるんだよう。

いいよう。きっと行ったらいい。それもわたしと行ったらすごくいいよ。わたしはああいうところの旅の仕方、多分とてもとても上手だから。ゆっくりするよう。きっと。

というわけで、人生ってなんだかちーっともわかんないことだらけだけど、なんとかなるし、そうなれば、けっこう楽しいかもしれないんだ。

今日、臨海副都心につながる〝ゆりかもめ号〟の帰り（何で行ったかっていうと、男の仕事的好奇心のせい）、親子連れのおかーさんが子どもに、「あんたね、あんなになんべんもなんべんもあそこに行きたい行きたい行きたいって言ってたんだから、行ったとたんすぐ次のとこに行きたいって言うんじゃなくて、あそこに行けてよかったよかったよかったって同じくらいの回数言ってちょーだい」って言ってたの。真理だなーってわたし思った。そのよーにして生きてくよーにこころがけよーと思った。

こたえ・西京漬けって、京都の西京味噌っていう白味噌に魚をつけたやつ。ちなみに村上春樹の小説の中で、高いものの代名詞にも使われた。「まるで紀ノ国屋の魚みたいに高い」って。うちの近くのスーパーマーケットでも、切り身が2枚で1400円だっ。低カロリーはたいしたもんじゃない、でも、調理法を考えるのはおもしろいところもあるので、今度ゆっくり書きます。ダイエットの記事は多分5月の連休明けに出る雑誌。

おやすみ、アンコールワット。

仲人の喜び……スパイスのこと

スパイスをたくさん合わせて使う料理には、「仲人ババの喜び」があります。「あの人とあの人は合うのでは？……ほ～らやっぱり」とか「これとこれはアブないかなあ……ま、いってみよー！」と、それぞれが持っているいいところ悪いところを、うまーく組み合わせていくような。

料理の技術は回数を繰り返せば上達すると思うんですけど、どんなスパイスを使うかという科学者のようなひらめきはまた別もの。

これはスパイスに限らず、たとえば以前フルーツとリキュールの組み合わせを考えたときもおもしろかった。イチゴとクワントロー、焼きバナナとカルーア、グレープフルーツにバーボン、キウイにミント……。料理がシンプルになるほど素材同士の組み合わせが引き立ちます。

4／3　　ひろみ

ねこちゃん

ポーランド人の友人が離婚問題で悩んでるのよ。昔からの友だち。子どもがいて、未熟児だったから、いろんなところで遅れていて、そのことでも悩んでいて。にっちもさっちもいかない状態っていうのはこういうのだな、ビザもなけりゃお金もない。夫には一方的に別れるって宣言されちゃっておろおろするばかりで。せつないなーと思うのよ、何にもできないで、ただぐち聞くだけっていうのも。

今日は手抜き、昼はびんづめのトマトボンゴレでスパゲティして、カボチャとブロッコリとキュウリとコーンでヨーグルトマヨネーズのサイコロサラダ（ポーランド料理で、イモとセロリの根とニンジンとパセリの根をサイコロにして、サワークリームかマヨネーズであえた「イタリア風サラダ」というのがある。なんのことはない、ポーランド料理の基本はスープだから、そのダシ用野菜の後始末）、夜は、ピアノの先生が来て、うちの長屋の集会所で卓球教室があったので、ハヤシライスとポテトとブロッコリとキュウリとニンジンのサイコロサラダとリンゴをテーブルの上において、用のすんだものからセルフサービスで食べた（……これが4／2のこと）。

セルフサービスで食べるとだれも皿洗いをしないので、今日（4／3）になってもお皿の汚れたのが置いてある。今日は朝早くからイチゴ狩りで、だから朝ごはんは、イチゴジャム厳禁だった。イチゴ狩りは、入園料1人700円だったが、練乳のチューブ入りのを持っていってつけながら、あたしだって3パック分は食べたし、カノコは8パック食べたといってるし、サラ子はもう測定不可能だし、トメも4こ食べた。食べほうだい、お持ち帰りはできませんてやつ。「ここになべとコンロと砂糖持ってくればよかった」とジャム作りにいきがいを感じているAさんがいった。

それからお昼は「フォルクス」で食べた。夜はAさんがいないので手抜きだ、手抜き。手抜きをしはじめると、徹底的に手抜きだ。ねこちゃんには想像もつかないくらいの貧弱さ単調さであろう。

おとといは子どもたちの「カレイの煮つけ」の日だったが、小松菜を炒めるのにAさんがしゃしゃり出て、冷凍庫にあった豚レバーをコロモつけて揚げて、小松菜と一緒に牡蠣油で炒めたの、すごくおいしかった。まああのAさんが、いつのまにか高等な料理できるようになってて、まあ……てな感じ。

ねこちゃん、カンボジア行きの件、ごめん、やっぱりちょっと考える。すごく行きたいけど、でも今こんな状態で、あれからよく考えたけど、この秋っていうのはやっぱり無謀すぎた。あまりにもここがごちゃごちゃしすぎてて、カンボジアになんて行っちゃったら、取りかえしがつかなくなっちゃうような気になってきてさ。子どもたちを置いていくのは、今はすごい裏切り行為なんだもん。ちっ行きたいのに行けない……と考えたら、いんうつになってしまった。

あたしはねこちゃんとどっかに行きたいし、行くならカンボジアかネパールかベトナムがいい、ねー、来年のお正月前後はどう？　来年のそのころならねこちゃんも仕事入ってないだろうし、あたしはぜったい日本に帰ってくる。

あたしは今年の年末年始ごろにアメリカに移民する予定だ。たぶん。そして一年は帰ってこられない。たぶん。でも正月は子どもらを連れて帰るから、あたしも日本にいる。……いると思う。わかんない。いたいと思う。

この町を離れる、日本を離れる、から見せておきたいっていう感傷かな、いやそうじゃないかも……わかんない、とにかく今、子どもらを連れてあちこち行ってるの。

イチゴ狩りもそう。山をこえて、川をわたって、みかん山や山桜や麦畑や雲や海を見ながら行った。日本の、田舎を見せたかったし、見たかった。このあいだは、お城に行ったし（10年住んでてほとんどはじめて）、それから山のほうの小さな公園に花見に行った（ホカ弁ののり弁持ってさ）。そのそばの樹齢800年のクスノキも見た。

今日のイチゴ狩りはAさんも一緒だった。子別れ決意して、Aさんはとてもさばさばした。あたしもさばさばした。それまでは、心ここにあらずっていう風情だったけど、今はそうでもない。なんだか落ち着いた。

カンボジア、行きたいな、でも行けないな。ごめんね。あんなにその気になったのにさ。

今おなかすいて（うそだ、すいてなかった。口さびしかっただけ）スリごま食べた。ごま。おいしかった（これはほんと）。

今晩は、Aさんはいなかった。残りご飯をだしで煮てワカメと糸こんにゃくいれて卵でとじた。それに母からもらったフキの煮たのと煮卵（フキはものすごく好き、卵は死ぬほど好き)。やっぱり手抜きだった。三人ともイチゴ腹で、けっこう満足して食ってた。

寝るとき、Aさんがいないから何はばかることなく、二人を抱いて寝る。寝つくまでそばにいたら、サラ子が寝かけてうとうとしてびくっとして「びくっとした」といいながらまた寝入る。頬のあたりをなでて、すこし(赤ん坊のときしていたように)たたいてやりながら、こういう親密な関係をやっと得たと思いあたる。あかんぼのころから、カノコのときはAさんにゆずっていたし、サラ子のときは忙しかったしで、あんまりこんなふうに相手してやれなかった。今、やっと、している。

それを、親子癒着しすぎというAさんはおかしいと思う。でもまた、こんなふうに、しみじみと相手してやれるときにはもう父親が脱落しちゃってるなんてつまらないと思う。

Aさんとあたしは、けっきょく、一人ずつ、子どもの相手をしてきたんだよね。それでいいんだ、とAさんはいう。それで他方が仕事ができるし、それぞれの個人的な生活もきちんと持つことができるんだ、ってAさんはいうけど、そうかなーって思ってきたけど、今、Aさんのしようとしている子別れがいいとはぜんぜん思えない。Aさんがきらいなんじゃないの。今でもすごく好きだけど、どうもAさんのいうことなすこと、なんにも賛成できなくなっている今日このごろ。

ポーランド料理

83年の戒厳令下のポーランドで、Aさんとあたしはグループを結成しました（同居はじめたってこと）。激動の89年にも、子連れでまた一年。子連れはどうしても人に助けられつつ生きていきます。料理の名人ゾシャおばちゃんに何くれとなく世話をしてもらい、ポーランドの家庭料理を伝授されました。じゃがいものパンケーキ、各種スープ、酢キャベツの煮込み、レバー炒めなどは、今でもよくつくります。Bさんと知り合ってみたら、彼が幼少より馴染んできた東欧ユダヤの料理がポーランド料理とうりふたつなのを知って驚きました。で、ポーランド料理をつくると、祖母がこういうのをつくった（Bさんはおばあちゃん子）となつかしそうに食べるので、こんなとこまで来て男におふくろの味を再現してやってるあたしは誰？とか思うのですが。

4／4　ねこ

ひろみちゃん

どーぞどーぞ、カンボジア行きのこと、心配しないで。わたし、おばあさんになったら住むと言ってるくらいだから、いつでも行けるし。

なんかわたし、ひろみちゃんがどっかでほどけたらいいなと思った（実はわたしがほけっとしたいということかもしれない）。だから、悩んだりしたら、逆効果になっちゃうよー、馬鹿だなあ。わたし、ひろみちゃんのいるどっかに遊びに行くかもしれないし、心配すんない。先の予定なんて、決められない決められない。山盛り仕事で細かく細かく、きゅうりはどうやって切りますか？具は混ぜるんですか？のせるんですか？とか聞いてくるやつ多いけど、その度にわたし、キレそうになる。そんなもん、そのとき決めるに決まってんじゃんか、あほって言いそーになる。きゅうり見てから、どう切るか決めるに決まってんじゃん。机の上で決めといて、それと同じことするくらいなら、違う仕事してらーって思うのよ。だからね、先のことは、そのとき、決めよー。きゅうり見てから決めよー。ねっ、そーしよー。

今日は朝、FAX送らないまま出かけちゃった。わたし、ほんとーにちょっと疲れてでしんどくって、いやだったの。なにもかも。でも、外に出たら、桜ほころんでて、咲いてるところもあって、木蓮少し散ってて、はこべ、小さい花をつけてて、なんだかちょっと良くなった。そーゆーものだ。

そして、なをさんのところに行った。

年をとってゆくことって何だろうって思う。

朝は昨日の撮影の残りのかきあげなんかでざざざっとご飯食べて出かけた。なをさんは緑茶入りのおむすびときなこと紅しょうが入りの少し甘いおむすび、4月8日のお釈迦さんの誕生日に飲む甘茶を寒天で固めたのと、みつばのしょうが酢、大豆と煮干しのつくだ煮風煮物と、わさび菜のカッテージチーズ和え、わさび菜のおひたしを長芋の上にのせて酢じょうゆをかけたの、のびるの白しょうゆ漬け、めかぶとろろ、をつくってでくれた。こうゆうのを撮影したらどうかと相談したいと思ってでくれたらしい。いつも、いろいろ用意してくれる。「これをあんたに食べさせようと思って」っていう言い方がとてもとてもかわいらしい。実際に会うと、それものんびりした時間で会うと、ほんと、いいんだ。で、なをさんも楽しみにしてくれる様子、ときどきわかる。ありがたくて、うれしい。

帰ってくるとき、お菓子買って帰ってきた。スポンジみたいな生地の上にラズベリーゼリーのせて、チョコレートがけしたやつ。箱入りの。食べたくなったんだと思う。ジャンク系*のもの。部屋に帰り着いて、4個も食べた。

夕ごはんは、ご飯と、ささみと、もやしとねぎのXOジャン炒めとおみそ汁の残り。ツナ味噌、なをさんにもらった塩辛、食べた。

わたし、ここ2、3日、とてもたくさん食べてる。ストレスと男のこと。よくわかんないっていう想いと、それから出てくる寂しいような気持ちのせいだと思う。食欲じゃなくて、食べたいって気持ち。健全な精神は健康な体に宿るんだっけ？ 健康な食欲は正しい愛情生活からっていう気持ちする。誰かに何かを作りたいって気持ちって、存在するねえ。

手抜きって、わたしも、一人の、仕事のある日のごはんなんて、ぜんぜんひどいもんだよ、食卓も、今これ書いてるのと全部同じテーブルだもの。一人ごはんなんて、ノートよけて消しゴムかす隅に寄せて、30cm四方、ランチョンマットなしだもん。

ここんところ、ひろみちゃんもわたしも難しいね。でもさ、こうゆうの書ける相手いること、うれしい。ありがたく思っているのだ。ポジティブシンキングじゃ。

＊ スナック菓子やチョコバーなど、食べやすく、はまりやすく、栄養的価値がなく、まともな食事ともいえず、カロリーばかり高い食べ物のこと。

阿部なをさんのこと

先日、なをさんの三回忌がありました。まだ冷静になれないわたしがいました。ひろみちゃんにこの手紙を書いたころはちょうど、なをさんと一緒に仕事をした『旬を楽しむ素材を味わう』（オレンジページ）という本のための打ち合わせが始まったばかりで、わたしにとってなをさんは少し怖い存在。でも、その後何度も会って、いろいろ話をして……。今思うのは、かっこいい、とっぽい女の人だったってことです。

なをさんに会って、年をとるのは怖くないなって、しみじみ思いました。年齢的に言えば、わたしはなをさんの半分で、10歳や5歳の年齢差じゃなかったからよけい存在が超越していたのかもしれない。でも、なをさんがふと見せるナマぐさい部分、というか、自分の中で葛藤している部分に、わたしがどれだけ救われたことか。

ひろみちゃんが「今が一番しんどい。60歳ぐらいになったら楽になるかなあ」と言ったとき、以前なをさんが「81歳のときはしんどかったけど、84歳になったら楽になった」って言ってたことを思い出して、二人は「60歳どころじゃないんだね」って笑い合うことができました。

明治女ってやっぱりかっこいい。自分より年上の人で、全然かなわんと思う人がいるってうれしい。なをさんは、本の完成を待たずに突然逝ってしまったけど、わたしの中には何か「託されたもの」が生きているような気がして。

4／4　ひろみ

かきあげ食べたーい。

ねこちゃん、あのさ、健康な食欲は正しい愛情生活っての、すごくさんせい。ほんとにさんせい。あたし自分の食べ方見てたら、今不安があるかないかすぐわかるもん。ここんところ、ほんとにひどかった。今は春休みで子どもがうちにいるから昼間はまあまあいいんだけど、夜寝しずまるとたちまちドカ食いよ、そしてその時間はろくなもんがないし、火を使うのはだめだし（というのは、なんか自分に課してる規律、タブーのようだ）、で、そこらにあるパン、ケーキ、ごま、チョコレートクリーム（生協のチョコレートクリームは、10gなめたら58カロリー）てなことになるの。むしろそういうときには、ジャンクなもの、食べ物ともいえないようなものをこそ、食べたいのかもしれない。そういうときには、バリバリに健康的で常識的なご飯とおかずなんて食べたくないんだと思う。ちょっと食べて、あいけない、ちょっと食べて、あいけない、のくりかえしを、くりかえすんだけど、あたしは、くりかえししたいんだと思う。

生協が、火曜と金曜に来るの。カタログと一緒に来るから、あたしすぐ次の週の注文しちゃうのよね、小さな機械に入力して、電話で流すの。

購買欲ってけっこう食欲に似たとこあるじゃん、それで、食べ物買うのって洋服買うのなんかとはちがうんだろうけど、あたしは洋服なんて買わないから、食べ物ぢみちに買う行為がけっこう代償になってる。そのぢみちさといったらない。安いものばっかり買ってるいじましさに近いぢみちさだけど。

サラ子がそばにひっついて、あっこれ食べたい、これ買ってなんてはやしたててくれると、その行為に励まされて、共犯者がいるような気持ちになって、サラ子の食欲、それはとても健全で旺盛なんだ、その食欲のかげに、あたしの病んで疲れてゴマカシの多い見栄っぱりな食欲が、安全に隠れていけるような気がする。だからサラ子の好きなものを、いつもいっぱい買う。これおいしそうだね、って言われるとすぐ。ホタテとかエビとか、カマボコとかチクワとか、お菓子とかアイスとか。

……とFAX読んですぐ書いた。さて今日食べたのは……朝はいつものトーストとコーヒー、そういうもの。朝に食べるものがいちばんおいしい。ほんとはもっと食べたかったから、お昼もあたしはトースト。既製品の冷凍コロッケ。

あたしは4こもトーストにはさんで食べた。みんなは冷凍しておいたハヤシライス。

　こないだスーパーで、バナナの久助*、少し黒くなったやつが1パックごっそり入って50円っていうのを買ってきたから、もう、バナナづくし。バナナミルク（牛乳につけておくだけ）やバナナカスタード（バナナスライスの上に熱いカスタード流してひやすのだ）やバナナブレッドをつくりまくった。ところがバナナの山を見ただけで、子どもがげろげろって、量が多すぎるとかなんとか文句を言うもんだから、しょうがない。バナナブレッドはぜんぶ冷凍庫行きであーる。あとのものはほとんどあたしが食べなくちゃいけない。「や」安物買いの銭うしない。子どものころ、ことわざかるたでさんざん覚えたのに、実生活にはまだ活用できてないのであーる。

　夜は五目ずし。にんじんとしいたけとごぼうとれんこん。卵5こも錦糸卵にして、海苔とエビをちらして、Aさんとあたしはあなごも（子どもはきらい）。母親にもらったおから。サラ子の畑でとれたほうれん草のみそ汁。冷蔵庫の中がだいたいからっぽになったから、明日は買い物に行かなくちゃいけない。明日は生協もくる。冷蔵庫の中が新規になれば、ね、あたらしい生活がはじまるような気がするじゃないのっ。

今日は一日よくむだ食いしたわー。産後いっこうにやせないのもこうゆうわけさ。

今日は荒れほうだいに荒れはてていた庭を少し手入れした。ジャスミンとゼラニウムを刈りこんで、空っぽのままひっくりかえっていたプランターに新しく土を入れてカモマイルとノースポールとオキザリスとマーガレットとキクを植えた。どれもこれも、雑草なみに生命力の強い草ばっかり。そういうのしか植えない。生き残る。生き残る。来年になればまたからからのプランターから出てくるように。まだ空いてるプランターが10も20もあるから、それぜんぶ花で埋めつくしたい。

カンボジア、いつか行こう。ぜったいあたしねこちゃんと行きたい、いつか、ぜったい。

ねこちゃんの食べてるものが、どんな微細なものでもケのものでもおいしそうでたまらないんだけどね。知らないものだからか？

＊　子どものころよく食べた欠けおせんべの袋入りが「久助」。おせんべでなくても、割れたり、欠けたりしてるものはみんな久助。

産後のあずき

三女トメはアメリカで産んだんですけど、次の日にはもうねこちゃんが東京から手伝いにきてくれた（アメリカは、普通のお産は一日で退院）。健康食品屋で買ってきて、黒砂糖で煮てくれたあずきがうまかった。「血の道にあずき」はほんとうだったのであります。身体が、欲したのであります。食べれば食べるほど、東洋的滋養が、五臓六腑にしみわたり、血の道が澄みわたるような気がしました。一晩漬けておくなんてことはせずに、ただいきなり火にかけて煮はじめて、アルデンテで煮やめた「野菜」のようなあずきでした。血の道とは、すごいことばです。ミルキーウエイみたいに大空を血の道がとうとうと流れてるのが見えるようだ。みそ汁や米のとぎ汁の道じゃだめなんですね。やっぱり血や乳のように、ぬたついて、体温と同じ温度で、おりものとかも混じって、生臭い、そんなもの。

4／5

ねこ

ひろみちゃん

あのさ、朝から残りもんのかきあげをわさわさと食ってる女ってさ、ちょっとやっぱりヘンじゃない？　こんなもんかな、とも思うけどさ、わたし、こーゆー仕事してるのに、あんまり自分の食生活、正しいと思えないでいる。あたりまえか。でも、それがなんか、料理ってゆう仕事をするうえでの等身大ってこと、考えるもとになってる気もするし、「正しく美しく」なあんて生きていけないことくらい、わかる年齢にもなったから、自分を責めず、朝ごはん食べながら、ちょっと幸福、感じてみたりしたいもんだよね。

冷蔵庫が大体カラッポになって、買い物に行く、というの、わたしのすごくあこがれるところです。あたらしい生活が始まる気がするっていうのも、すごくわかる。

やっぱり、からっぽになって新たに新品が補充されるっていうのは人生の醍醐味なんじゃーないの。食べていってさ、使いきってさ、カラッポになって、買い物に行くの。これって、消費、物質文明の中で育ったわたしたちだからかしら。きちんと（だいたいのところだけどね）丁寧に使いきったときの達成感ってある、わたし。無駄なことしなかった、よかったよかった。で、あたらしいもの買える余裕もある喜び。

アフガニスタンじゃ、やっぱり未亡人の女たちは物乞いして食べ物を拾ったりもらったりしてくるんだものね。

わたしをとりまくたくさんの罪悪感。

昨日、うちの冷蔵庫には4.7ℓの牛乳があったんだぜ。豆腐は25丁、その他、ほんとに山のような食材。おとといの撮影は、冷蔵庫の中のミイラを追放する、とかなんとか、そういう特集。だから、はんぱな残り野菜をかきあげにしたり、野菜が傷まないように、アスパラガスやらいんげんやらを空いた牛乳パックに立てて保存する、てなことをやってた。その牛乳パック用に、スタイリストの人（食器や小物を持ってきてくれる）が牛乳を4パック買ってきた。中身を開けて、麦茶ボトルに入れた。そのまま仕事をし、ひとり暮らしのわたしのうちに、4ℓの牛乳が残った。

だからわたし、昨日の夜、よれよれしたからだにむちうって（これはちょっとうそです。マゾヒスティックなわたし)、ようやっと1ℓ使って、山のよーな牛乳寒天をつくった。今日が豆腐の仕事だとわかっていたから、白いまま固めると豆腐状のものだらけになるので、黒砂糖入れて固めた。今日持っていって、おやつにした。1ℓは、半量まで煮詰めてみた。エバミルク状になった。これは、インドのミルクボールという菓子みたいにしようかと思って煮詰めた。濃い牛乳の味のするドーナツみたいなものを、甘い甘いシロップに浸したやつ、ネパールにもあった。ひろみちゃん、好きじゃないかと思う。わたしは大好きだった。

でも、どーなるか、なんともわからん。牛乳1ℓを2回くらい吹きこぼしながら、半量まで煮詰めるのに1時間かかった。部屋中に乳のにおい、たちこめた。こーゆーとき、わたし、ものぐるおしい、と思う、自分のこと。前にもあった。ケータリングの仕事してたとき。家中がキッチンみたいになってて、ぐちゃぐちゃで、冷蔵庫には30kgくらいの肉が入ってて、ビーフンと春雨が部屋の隅にうずたかく積もっていて、夜中に帰ってきたのに、次の日までにそれを全部料理しなければならなかったとき。わたし、自分のこと、おかしいと思った。本気で。とても気持ち悪いでしょう? それを買ってきて、と言ったのもわたし、なんとかしなくちゃならないのもわたし。なんでこんなことになっちゃったんだろうって、真夜中に肉のかたまり見て、思った。

まあなんとか一日が終わりました。

豆腐まみれの一日。好きな人たちがスタッフで楽しく働いたけれど、仕事は苦しかったなあ。なんだか、自分で買い物に行けなかったせいや、いろんな理由(なんだか頭の中がぐちゃぐちゃになっちゃうかんじ)で、ないものがたくさんあった。途中で何べんも挫折しそうになった。

帰ってきたら男からTEL入ってて、ちょっと救われたけど、どうして少しでもわたしと一緒にいようって思わないんだろお、どうして愛に生きようって思わないんだろお、まったくって、わたし、自分のスケジュール棚に上げて思う。日本にいるときくらい、べーったりひっついて暮らしたいって思ってほしいじゃない。誰かにひっついて(えっちのことじゃなくて、スキンシップ。腕にぶらさがるような、そんなかんじ)暮らしたいなー。週1回会うなんて、ずうっと同じ国で暮らす人のすることったい(だってね、この前一緒にいたときに買った白いチューリップ、もう花びら落ちた。花は枯れるんだぞお、わかってんのかあーって思った。今、わたしはワインを飲んでて、からみたい気持ち)。

その男の人が好きとかよりも、きっとほんとは、愛情生活欲してるの、わかってんの。なんだか、ちゃんと一人で暮らす、とか、やなんだ、もう。

今日食べたものは、朝は冷凍庫にいたベーグルに、目玉焼きとカッテージチーズと鮭フレークをはさんだものと桃茶とカモミール茶のブレンド。お昼はちらし寿司（これはスタジオで、出前、弁当）。その間1日中味見をし続けて、夜11時半に帰り着いて、ワインを飲んで、これからお風呂に入って寝ようとしているところ。だから夜ごはんはありません。

どうなるのかなー、わたし、これから。やれやれ。

2

もう、スパイスなしでは生きられない

4/5〜5/8

ひろみ　九州
ねこ　東京

4/7

ひろみ

ねこちゃん今日はね

まがいもののタンドリーチキン大もどき（鶏をヨーグルトとかカレー粉とかレモンとかに漬けて焼いた、はははははは）、ポーランド風米入りトマトスープもどき（トマト水煮缶にチキンコンソメの素とマージョラムとご飯を入れた）、「おそうざいばあちゃん亭」のポテトサラダ（母のだ、絶品なんだ）。できのわるいねこちゃんパン[*1]（かたくてねちょねちょしていて生臭くて焼きすぎた……子どもが作った。でもなぜこんなにおいしくないかわからん）、ひねまがってねじくれた畑のラディッシュ、昨日の残りの大量の鶏の金柑[*2]とレバー。デザートはぷっちんプリン。

ああひどかった。でもみんなおいしいと食べてくれた。名前がつかないだけで、食いものとしちゃおいしかったよとAさんはいった。

どうしてこんなひどい料理を平気で食べるんだろう、男とか子どもとかいうやつらは、あるいは家族というやつらは。

ときどきあたしはそれをBさんにも感じる。何を食べたいなどといわず、黙って不満ももたず、出されたものを食べる。あたしには考えられない芸当だ。で、寝る前にサラ子に、今は何がいちばん食べたい?と聞いたら「トマト味のエビとイカが入ったスパゲティ」と答えた。あしたのお昼(あしたから学校、でもまだ給食はないの)は何を食べたい、と聞いたら「一人1合くらいある大きなおにぎり、のりをまいて中にとろろこんぶと練り梅を入れる」と答えた。健康なガキだ。

今日トメは、バナナつぶしとパンを牛乳でとろとろにしたの、ヨーグルト、衛生ボーロをなんこか口でやわらかくしたものと、そのままのも1、2こ。でもつっかえてた。ポテトサラダのポテトのところ、サツマイモのふかしたの。昨日は、朝パンのミルクがゆやったけどあんまり食べなくて、夕方バナナつぶしヨーグルトイチゴ入りをむさぼりくって、夜レバーと豆腐とすずきとカリフラワーをお口でかんでぐちゃぐちゃにしたものをお相伴した。よく食う。もう5カ月になる。

どうも、食べ物に食傷している。でも生活は続くし、家族のためには食べ物を用意していかなくちゃならないし。あたしはひっきりなしに食べつづけたいし。

あああ。

＊1　ねこちゃんのレシピによる、簡単に作れるパンのこと。詳しい作り方は『絶対失敗しないパンづくり』（共著・NHK出版）などに掲載。

＊2　鶏モツの中の、大小いろいろつながってたりする、殻のできてない黄身のようなもののこと。

4／9　　ねこ

ひろみちゃん、こんばんわ。

今は夜中の2：30。先週末から今週ずっと、とてつもなく続く仕事週間なの。FAX行かなくてごめんなさい。

一日20品ずつくらい撮影してると、ボロボロになる。朝から遅くまで、ずうっとキッチンに立ちづめです。今日は朝から疲れてた……。昨日は花見散歩のデートだったけど、男はとても早足で歩くので、せっかく桜咲いてんのにいって思った。みょーにニヒルなとこあるよなあ。

だから昨日の夜は、一緒に外でご飯を食べました。炒飯と餃子と、卵とキクラゲの炒めたのと担々麺とビール。男は、やっぱりあんまり食べない人だなと思った。わたし、花見のお弁当作りたかったけれど、間に合わなかった&疲れてたの。

今日は朝から焼き肉焼いたり鉄板焼焼いたりしてて、仕事しながら、朝から肉焼くのってやだなと思った。ハーブを使うページもあって、そこはちょっと救いでした。だからわたし、チャイブやらディルやらイタリーパセリやらをきざんでマヨネーズであえたマカロニと空豆（これはでも肉の付け合わせなんですが）が一番好きだった、今日作った中で。でも牛バラ肉と大根の韓国風煮込み、というようなやつが、みんなは好き。

肉がたくさんの仕事は、やっぱりヘビーなかんじがする。

夜11時に帰り着いてから再び明日の仕込み、豚のかたまり600g×3本をゆで豚にした。ちょっと、もお、やだなーわたし、肉。

こんな暮らしだから、今日なんて最悪。サンドイッチとおむすびをキッチンであいまに食べただけなんだ。帰ってきてから、アシスタントのこんちゃんと、セリと山菜入りの卵雑炊、作って食べた。梅干しと、干ししいたけの煮たのも一緒に食べた。

干ししいたけは、戻しちゃったんだけど使わなかったやつを撮影の合間に煮といた。冬瓜しいたけで、めちゃめちゃ肉厚のやつ。ころんとしてる。あれって、やっぱり不思議な食感だよね。うまいんだけどさあ、なんていうか、嫌いな奴はきっと嫌いだよね、しいたけって。

ずうっと前、幼稚園くらいの女の子二人がすれ違いざま話してるのを聞いた。

「なんかなめくじみたいな味がする」って言ってて、わたしは、なめくじ食ったことあんのかあっと思って覚えてたわけなんですが、一瞬そのこと思い出した。

今、お風呂入って、風呂の中で考えてたことなんだけどね、男は、最近ライトニン・ホプキンスという昔のブルースの人のCDを集めてるらしい（わたしは19か20のころ、その人好きだったんだ、自慢だけど）。でね、つられてわたしも昨日MOJO HANDというCDを買ったんだけどね、MOJOというのは、ちんちんのことなんだって。で、MOJOっていう言葉、いっぱい出てくる、ブルースの歌詞やタイトルに。〝MOJO WORKIN'〟とかって。働く、ちんちん。まったくディープな世界だよね。

ね、男の人ってみんな、えっちがんばらないといけないと思ってるのかなあ。それはなんだかライオンがサバンナで肉食うみたいにちょっとさ、かわいそーなかんじ。だからきっとちんちんのことをブルースにしたかったんじゃなくて、ちんちん自体がブルースだったんだね、と思った。

干ししいたけ

わたしは、干ししいたけを水につけて戻すとき、軸を下にするか上にするか、いまだに迷っていたりします。それと、なぜかみんな大抵ボールいっぱいの水で戻しますけど、本当はバットなど平面の器で戻すのがいいなあと思ってます（……でも自分がまだヘンなところで迷ってたりするから、人のやり方にあれこれ言えないのだった）。レンジで戻すときもありますが、軸の中にやっぱり芯が残ったりします。どちらにしても、少し放っておかないといけないものなんでしょう。煮含めるときは、鍋に重ならないよう最初は傘を下に並べます。行平の底に並ぶ程度のしいたけなら、戻し汁としょうゆ、それぞれ大さじ1、砂糖小さじ1。汁がなくなってきたら、しょうゆと砂糖をちょっとずつ足して、何度も裏返しながら煮ます。調味料は、ひたすらちょっとずつ。最初にたくさん入れてしまうと、固くなるから。冷凍庫にこれがあると、なんだか安心します。

4/11　ひろみ

ねこちゃん
男とセックスの関係に、あたしは食べ物よりもっと食傷しちゃっているのかもしれない。セックスだけしてりゃいいんだろうけど、あたしたち、それに、生きなきゃいけないでしょ？　あたしたち、何としてでもサバイバルしないといけないでしょ。

顔とか、もうドロドロです。爪なんて割れちゃったのが直らないし。ささったとげもまだ抜けてない。子どもくわえすぎて口のまわりなんかもうしびれちゃってるし、それでもまだ子どもらは乳首に吸いついてくるし。てな感じでございますよ。男とセックス。

すみませんね、サバンナは獰猛《どうもう》です。危険なんです。今日もとても暑い。乾いた風がびゅーびゅー吹いてるんです。

今日は朝から弁当作りだった。豚肉にかたくり粉つけて焼いてつゆで煮からめたの。かぼちゃの煮たの。せん切りキャベツとコーンとツナ入りの卵焼き。

しゃけフレークと海苔の二段重ね。キウイと箸を……入れるつもりで忘れた。で、送り出した、みんなを。

トメが手元に残った。

サバンナは今日も暑い。

今朝は久しぶりにウィータビクス*（コロッケと子どもらは呼んでいる）とふかし芋……便秘対策。でも効き目ないぞ。お昼は冷凍しておいたホットケーキにチョコクリームべったりぬったのと、納豆と、ごはん一口と、お芋少しと、むちゃくちゃだ、もう（養うものがいないからだ）。

トメの爪がのびていたから、歯でかんでやった。小さすぎて、あかんぼ用爪切りでもうまく切れなくて、けっきょくあたしがかんでいる。昨日、ご飯があまってたので、トメ用のおかゆツナ入りをつくって、製氷皿で冷凍した。たいていトメには、口でかんでやって指で口の中にうつしてやる。離乳食の作り方には「やわらかくして」「とろとろにして」「すりおろして」「ほぐして」「〇〇して（不明）」「すりつぶして」と書いてある。「お口でかんで」とは書いてないけど、それやってると例の男が電話してきたので（……以下五行解読不明）。

＊　全粒粉のシリアル。外見はまるでコロッケそのもの。甘くもなんともない、まじめなうんこの素。

4／13　　　　　　　　　　　　　　　　ねこ

ひろみちゃん

ここんところ1日14時間くらいキッチンにいる。その他はテーブルの前に座って、仕事の電話やFAXでキレそうになることたびたび。わたしね、だから、食べ物のこと考えるよりも、ひろみちゃんにFAX書いて、いろんなこと話せるの、とても喜んでる。これって、男のこととかよりもすごくいーんだよね。

でね、昨日もおとといも深夜まで働いて、男に電話するチャンスを逃した。さっき男から電話があった。「わたしはいま季節労働者なんだよー（男には「なんだよー」とは言わない。「労働者なの」と言う）」と言うと、男は、それならこっちは出稼ぎだ、と言った。年とったら山谷に住むようになると言った。不安だったり大変だったりするんだろうなあ、男の人たち（ここにはQも含む、そしてわたしは、ちえっ、女だっててーへんでいって思ってる、けど、どこか気楽）。

今日は、なをさんのところに行きました。お昼過ぎについて、打ち合わせをして、イカのわたをしょうゆでつけておいたものを酒でのばし、イカげそとのびるの茎やあさつき、豆腐を煮てホタテの貝殻にのせ、ご飯を食べました。お漬けものとおからも。おからは足りなかったから、いろんなものを足したのよ、と言ってたけど、あんまりおいしくて、いっぺんに食べるのがもったいなかった。ああ、じゃ、それ夏のレシピに入れましょう。じゃ秋にはこれ、冬には大根……と、本のためのアイディアがたくさん出てきて、とても楽しかった。ずいぶん落ちついてきて、軌道に乗ったというかんじ。

イカわたの話もけっこう好きだ。春になるとイカはもう旬を過ぎて、わたも力がなくなるから塩辛にはならない、だから、のびるのような、春の力の強いものを一緒にするんだよ、と言うんです。

もうおもしろくない仕事やめて、こういう時間をいっぱいとりたい。

はこべをつんで持っていった。生のまま洗わずに食べた。沖縄で買った切り干し大根も、持っていったやつをそのまま食べてみた。ほんとに甘かった。

4／14　　ひろみ

ねこちゃん

矯正歯科の待合室でみた雑誌にのってたねこちゃんぱんのつくり方をうつしてきてやってみた「かたつむり」（あたしはシナモンロールが死ぬほど好きだった）だけど、まあ、なんでせうか、今までなんべんもなんべんもやってみていたあのパンは、いったい、なにものだったんでせうと思うくらい、うまくできた。

まあおパンといふものは小麦粉の粉をこねたりむしたりしてこしえへたものでふくふくふくらんでいてこうばしくて（賢治だ）。ちょっち、かたつむりには見えなかったのが難点、ただのうずまきぱんだった。「はりねずみ」の中になんにもいれないのをつくった、それもすごかった。おいしさうじゃなくておいしかつたのでありました。

昨日例の子どもかかえて離婚しかけているポーランド人の友だちが来て、泊まって、今日帰った。いっぱい泣いて帰った。あたしたちは彼女の子どもをうんとかわいがって芝生公園につれていって草スキーして、動物園に連れていって、くまさんとかばさんとぞうさんときりんさん見せて、メリーゴーランドとティーカップと空中ぶらんこに乗せて、昼ごはん（かたつむりぱんとコロッケ）食べて、おやつ（ポッキーとおっとっとプリン）食べて、晩ごはん（焼き肉とポテトサラダと卵焼き）食べて、デザート（生クリームの多種類ベリー入りアイス）食べて、朝ごはん（レバーペースト／ベーコンとポテトサラダ／バナナとチョコクリーム入りのホットサンド）食べて、おやつ（おっとっととコアラのマーチ）食べて、マクドナルド行って、みんなでポテト食べて、駅でばいばいした。

　草スキー、坂になった草の上で、段ボールつぶしたのに乗ってすべりおりるの。カノコがその子を、サラ子がトメを、それぞれ乗せて、きゃーきゃーいってるのを見ていたら、友人がいきなり泣いた。上を向いて、いいお天気だといって、泣いた。

　前は3日に1ぺんだったが、今は2〜3週間にいっぺんのわりあいで、あたしがAさんにからんでいって、ケンカになる。文句をいいはじめるとやめられなくなって、どんどんAさんの答え方があいまいになっていって、それにいらいらして、ますますつっこんでいく、それで洗濯機にはまったみたいな、抜け出せない文句地獄におちいって、Aさんといがみあって、きついことばを投げつけあったりするのがすごくいや。それさえなけりゃ楽しく生きられる。Aさんが、別れる夫みたいに思えてくる。あたしも恨みがましいことをいったりする。もう5年も前になるんだよ。Aさんとあたし、夫婦やめてから。

夫婦やめて、セックスもやめて、でも家族だけはやっていこうってさ。わかりにくいわかりにくいと人にはいわれた。正直なんすから、もう、って自分では思ってたけどね。

その、5年間の、あたしたちの生活、生きざまそのものが、うそ、いつわり、ごまかし、はったり、おためごかし、にみちみちていたように思えてくる。一所けんめいだったんだけどな。けっこう途中までは、体当たりでカラダはって生きてきたんだけど。やっぱ夫とか妻とかっていう枠がないと、頼りなくてものすごく疲れるってこりゃ泣き言。2〜3週間にいっぺんのわりあいで、Aさんから離れられると思うとうれしくなる。

今日は……牛のバラのかたまりを丸人参と丸新玉ねぎの丁字刺しとを何日か煮こんだやつにトマト缶入れたやつ、すごく安あがりでおいしかったさ、しかもシチューつくるときにいつもやる過程、玉ねぎをいためるのや肉を焼くのや、そういうのがはぶけて、ローカロリー感覚で。昨日の焼き肉の残った大量の野菜（もやしたまねぎきゃべつぴーまん）をスープであんにして、カリカリに焼いたやきそばにかけたやつ（かたくり粉なかったので、まーぼ豆腐の素についてるとろみ袋を使った、かしこいっ）、ポテトサラダの残り。

しつもん・今日つくったみたいな牛肉の煮こみに入れるハーブは何ですか？今回は丁字と月桂樹を使い、トマト入れたので反射的にマージョラムと思ったがなかったので、オレガノを入れかけたが、丁字と月桂樹を入れてることを思い出してちょっとだけでやめたの。

……Aさんの悪口を大声で思いっきりいえたらせーせーするだろうな——。何も反省したりしないで、あたしだって悪かったのかも、とか、あのひとことをいわなきゃよかったんだとか、ぜんぜん考えずに、思いっきり、悪口を、ねこちゃんに、いいたい——。

4／18　　ねこ

ひろみちゃん

いかがおすごしかな。わたしはとてもとても眠い。でも今日、ようやっと仕事一段落して、ほっとしてるところ。今日は『もう一品の小さなおかず』という記事の撮影だった。21個だったかしら、なんだかたくさん作ったんだけど、あんまり肉も魚も使わないし、おまけに混ぜるだけやらレンジにかけるだけやらトースターで焼くだけやらで、さらにおまけに編集の人はうるさいこと言わなくて、迷わずに、いいっすよーと言ってくれるので、わたしはほんとにラクチンでした。

楽しかったなー、仕事。野菜のこまごましたものを作るのって、いい。とても好きだ。人参きざんだり大根千切りにしたり、キャベツはがしたり、楽しーんだよねえ、とても。なんかほら、やっぱり素材と話す、とか思うじゃないの。やっぱり生肉とは話しにくいのかもしれない。話すけどさ、でもやっぱり話しかけようと思うと、どおしてもどっかで、牛や豚や鶏の生前のお姿が、無意識のうちにのぼってきちゃうんじゃないかなー。だから大急ぎで、おやおや、つやつやで健康そうじゃあないのっとかさ、やっぱり豚は肩ロースがいいのかしらねっとか、明治屋（近所のスーパーです）の肉は、けっこういいなあとか、その〝肉〟となった状態をヨム、という作業になっちゃうみたい。

魚も、切り身だとそうなるけど、鰯《いわし》だとやっぱり目、見ちゃうから、話しちゃうのかもしれない。頭落として、はらわた引っぱり出しながら、どっかにちょっと、すまない、すまないが、うまそうだ、が、ちょっとすまない、みたいな気持ち、芽生えちゃうんじゃないかなあ。食べる頃にはすうっかり忘れてるけど。

ところが野菜はちょっと違う。わたしのほうの気持ちがストレートに、わあーきれいだねーあんたっとかさ、なんだか翳《かげ》りがない。で、料理すると、もっときれいになるしねえ。緑やオレンジや赤や、その緑の色も、ほら、今のキャベツの、なんとまあ若々しく美しい、いろいろな色をしていることかって。野菜礼賛しすぎちゃうのもちょっと偽善っぽいような気もするが、やっぱり仕事を終えた今日の気持ちは明るいのであった。

今日のレシピは、人参の千切りと炒り卵とカッテージチーズのサラダとか、キャベツときゅうりとみょうがの塩もみとか。みょうがはちょっと塩になじむとぽおっと色が濃くなるし、キャベツはレンジにかけると内側からの熱でぱあっとあざやかになってる。茄子もさ、レンジにかけて酢がちょっと入ったドレッシングで和えて少しすると、思い出したように紫色が立ち上がる瞬間があってね、おおっ、話しかけられてるってかんじになるのよ。というわけで、ほっとして、これからお風呂に入って寝るの。

さっき男に電話したら「もう寝なさい」って言われた。ちょっとうれしかった、なんだか。母親に言われるのと違うもんなんだねえ、時期もあるねえ、関係性の。

質問の答え・わたしなら、すでにクローブ刺してあるから、これ以上スパイスは入れないかも。でもマージョラムでもいいのでは？　タイムでも、タラゴンでも。

さらに追伸・今日はチョコレート（ミルクチョコレートの中に、ナッツクリームときざんだへーゼルナッツの入ったやつ）を食べながら、この前のダイエットごはんの記事の校正もやってた。お昼はにぎり寿司。好きなものを後に残しつつ食べていったら、最後には思い入れの強い、うにやらいくらやらとろやらばっかりが残ってしまい、おなかも落ちついてきた。しまったっ、中くらいに好きなのや、どうでもいいのやら、バランスよく残るようにしとけば良かったーと後悔した。夜はつけづゆうどんと撮影残りの野菜おかず。

人参と炒り卵とカッテージチーズのサラダ

❶人参の千切り1本分に、あら塩小さじ1／4〜1／3をまぶす（もみこまない）。

❷5〜10分おく。浸透圧で、青菜に塩ならぬ人参に塩で、しんなり。それをぎゅっとしぼり、砂糖（蜂蜜でもいい）をちょびっと加える。これは甘くしちゃだめなので、わからないくらいに使う。まろやかになるつなぎの味。小さじ1／2とか1／3とかね。

❸ワインビネガーなど好きな味の酢と、グレープシードなどのオイルを小さじ2くらいずつまぶす。

わたしは人参のサラダだけでもすごく好きなんですが、混ぜるものによって味が変わるのが楽しいのです。パセリ、ディル、チャイブなどのハーブでもいい。このときのカッテージチーズは、全体をまとめてマイルドにしてくれました。炒り卵は単純に色がきれいだから、うっとりしながら使いました。そうそう、炒り卵は塩胡椒軽くふって。

5/3

ひろみ

ねこちゃん
きいてきいて、あたしは今日、あたし自身のためにごはんをつくってあたし一人で食べた。ねこちゃんとFAXやりとりしはじめて、そういうの、やりたいなあと思っていたとこだった。
さて、それは、冷凍庫に入っていた天ぷら（ふぐかなんか、さかなだ、ちくわ、かきあげ、きのこ……昔は3日にいっぺんは天ぷら揚げていたが、このごろはとんとつくらない。この天ぷらもずっと前に母にもらった）を卵とじにして、玄米ごはんを解凍して、昼間つくった「トムヤムクン」[*1]（レトルトのだ、香菜のかわりにみつばを入れた）の残り。すっげー。あまりもので一人ごはんで、しかもしっかり量も食べたし、ごはんの体裁はととのっていたし、まるでねこちゃんではないくゎ。
若いころ、ごはんとか食べないで、錠剤のんですませられたらいいと思っていた。未来を夢みたいに描いているようなSFで、科学の子とか、ひゃくまんばりきとか一緒に、そういうのもばくぜんと、いいだろーなーと。その後だいぶたって、ビスケット形の栄養補助食品が新発売されたときには、ああ知ってる知ってる、前に夢を見たぞこれはって思った。食べてみて、あまりのまずさにがっくりきたけど。

高円寺に一人で住んでいたころ、あのころ一緒に吉祥寺とか行ったたね、覚えてる？　とにかく、あのころなんて、食べたものといえば、マクドナルドとか菓子パンとかだけだった。コンビニもまだそんなに普及してなかったし。だから今日のことは、なんか、われながら感動した。

もひとつきいて。今、TONIGHTS THE NIGHTを聞いてる。

今日、みんなは温泉に行った。

あたしはBさんに電話して、トメにごはん食べさせて（オートミールの卵入り、あんず入りのヨーグルト、カボチャのベジオレとかいう新しい牛乳のデザート、チーズ）お風呂いれて、しばらく遊んでるうちにトメが寝ちゃって、そのまんま、ベッドの中で、本をずうっと一心不乱に読んでいた。いろんなの、枕元に積んであった大量の本。10冊は読みほしたであろう。

あたしはBさんにも、Aさんの悪口をいいたいいいたいと思いながら、いえなかった。いってもつまんないと思った。Aさんがにこにこしている状態がいちばんいい。だから今日、家族からはじき出されたことは、あたしはなんとも思ってない（言い方がなんか恨みがましいが気にしないでくれ）。Aさんも気をつかってくれたし。でもね、今日（以下5行紛失）……とあたしは邪悪にも思ってるのさ。あー、さっぱりした。

Aさんはあたしの報告をきいて、ワイアットのミッドエイティーズを買いに走った。そんで前にねこちゃんとこできいたサリフ・ケイタも買ってきた。TONIGHTS THE NIGHT、昔から好きだった。あたしにとってはニール・ヤング[*2]のザ・ベストなんだけど、ねこちゃんの口からタイトルきいてはっとした。このごろきいてなかった。今アルバカーキだぜ。ああメロウだな。あかるくてかったるいな。さ、仕事するかなっ。

＊1　タイの代表的なスープ。酸っぱく、辛く、うまい。
＊2　70年代ウェストコーストのミュージシャン、まだ活躍中。鼻がつまってるような歌声と津軽三味線のようなギターに、あたしはのめっていた。代表作に「ハーベスト」「アフターザゴールドラッシュ」「今宵その夜」他。

5／3

ねこ

やーやーこんばんわ。

一人でごはん、というのも悪くないもんだよね。

しっかりやってゆこー、とゆう気持ちにならない？

それにしても、（以下15文字紛失）。そうゆうストレスって、あったまくるねーほんと。ままっひろみちゃんはいろんな人に愛されておるので、ふふんと思っておいで。今男来てる。二人で帰ってきたところ。渋谷にレコード買いに行ってた。レコードだぜ。それもブルースだ。わたしは半分くらいつき合って、あとは道ばたで人を見たりして、ぼんやりしてた。

昨日は、なをさんとやってる本のメニューをたてなくちゃならなかった。わたしは一応メニューを作っていたんだけど、編集の人がそこからピックアップしたら、なんだかわからなくなった。どうしても納得いかなくて、一日中部屋の中をうろうろして関係のないことをいろいろやったりして、なんとか打ち合わせにのぞみ（これも自分から言ったの。もう一回やりなおしたいから会いたいって）、ちょっとほっとした。でも夕方におしゃれな街、代官山で一人になったら、もうすっかり落ちこんじゃって……おしゃれなフードストアでおしゃれなクッキングブック並んでるの見たりしたせいかしら……心底、料理のことを考えたくなくて、もうひと月もふた月もずうっと料理から離れたくなっちゃって、しぼんで帰ってきた。帰ってきたら、友達が遊びに来た。わたしはとても喜んで、ごはんを作った。グリンピース入りのパンと凍り豆腐の煮物と、新じゃがのベークトポテト&茹でた絹さやとサワークリーム付き。なんだかもお、料理のこと考えるの、ほとほとイヤになっちゃっていたんだけど、でも、そうだ、新じゃがのベークトポテトとゆーのは、なかなかかわいいかもしれないと昼間思いついて、ちょっと気持ちが開けたメニューだったんだよ。だから、ついつい。新じゃがをね、皮付きのままレンジにかけるでしょ。それをフォークでぎざぎざに半わりにすんの。イングリッシュマフィンとかをぎざぎざに割って、味をしみやすくするでしょう？　あのかんじ。その上に、刻んだベーコンと塩胡椒のせて、サワークリーム使おうと思った。春野菜とサワークリーム（あんまりクリームは好きじゃないけど、生クリームよりはずっとまし）の中でも、じゃがいもとサワークリームの組み合わせは好き。

やってきた若い女の子は、細い体つきの人なのに、とってもよく食べた。いんげんと千切りしょうがを和えたのも食べた。クリーム味のいもとパンのせいで、わたしたちはしょうゆ味を欲したのだった。茹でてしゃきしゃきしたいんげんを斜めそぎ切りにして、千切りしょうがとレモンじょうゆで和えたやつ。いんげんとしょうがってとてもすてきな組み合わせだ。

今日の朝は、根三つ葉と花麩入りのおみそ汁。しんとり菜とトリ団子の煮物。新玉ねぎと桜えびの炒めたの、大根おろし。あとなんだったかしら。おやおやと思うほどたくさん食べて、友だちの女の子はおかわりもして、わたし、うれしかった。

料理のひらめき

どうやって料理を思いつくの?と聞かれること、多いです。答えは、「素材を見なよ」。これはなをさんが言っていたことでもあります。素材がおいしかったら本当においしい。だから、その素材がどういう味なのか、想像してみる。すると、なんとなく向こうから「こうしてください」って声が聞こえるような気がします。よくわかんないときは、ナマで食べてみてもいい。その味に、自分の手の内（ワザとか道具とか）を組み合わせてみるんです。このあたりでよく考えたり、想像したりしてると、たとえ失敗しても次につながるヒント、必ずあります。だから料理を作るとき、本を見ながら作るのはいいのだけど、本と自分という関係だけじゃなくて、素材と自分っていう関係を持つようにしてみると、あらら、わたしってこんなに料理上手という日がすぐ（？）来るかもしれません。

5／5

ひろみ

ねこや。男はどないだ。

連休もぉわろうとしておる。べったりひっついたか？

昨日は、マクドナルドへ朝ごはん食べに行った。歩いて行った。Aさんは自転車で行って、向こうで待ちあわせて、またあたしたちは歩いて、公園でじゃれながら帰ったわけだけど、水のみ場で、ほら、のんでる人の頭をぐいっとやってきゃーきゃー、あれやってて、次女サラ子が歯を欠いた。今矯正のブリッジつけてるから、それにぶつかって、口の中から、血と歯の欠けたのがこぼれ出てきた。みんなあせった。サラ子は気が強いわりにケガとか血に弱いもんだから、もうおろおろしちゃって、あたしは必死で、だいじょうぶだよ、みんなこんなもんだよ、ねこちゃんなんてやっぱこんなふうに歯欠いたんだってよ、と元気づけた。

お昼はおそばだったかな、たしか……食べたもの忘れるって末期的。

夜は屋上で、うちの長屋の持ち寄りパーティーがあるっていうからチキン。

モモがすっごく安かった。5本で398円、ずっとこればっかり買って、こればっかり食べていたい気になる値段です、主婦にとっては。

で、鶏モモをカルダモンとかシナモンとか玉ねぎしょうが、ありあわせにつけておいたやつ(ねこちゃんのまねだ)、供出した。何度もいろんなスパイスをいろんなふうにくみあわせてやってみたけど、やっぱねこちゃんとこで食べたのがいちばんおいしいのは……それがプロか。プロにはかなわねーな。

それから、バナナのスライスをしいた上にできたてあつあつのカスタードを流して、そこに解凍したバナナケーキをコーヒーにひたしたやつを並べて、またカスタード流して、ひやした。こないだ本で見たティラミス風のまねをしたわけ(それにはフィンガービスケットに紅茶をひたしてと書いてあった)。うまくいった。カスタードにいつもは入れないバターとブランデーが豪気に入ってて、しかも奢《おご》っててんぷら粉つかった(小麦粉が切れてた)のがよかったのかも(これがプロには出せない素人の味でえっ)。

ほかの人の料理でおいしかったのは、砂糖をまぶしておいたスライスの湯むきトマトと塩ふっておいたきゅうりにドレッシングかけたサラダ。つくったのはスペインに住んでいたことのある姉妹で、風っとおしのいい、柔軟な料理をよく出してくれる。あと、大阪出身のおばはんの料理は、和風土台で、やっぱ風とおしがよくて、うまい。昨日はすきこんぶ（これ何ですか、ときいたら、すきこんぶや、といわれたけど、それは何なのだ？）とこんにゃくと人参とえのきのちょっと辛いあえものがおいしかった。風とおしのいい、柔軟性のある料理がおいしい。

あたしがチキンつくってたら、Aさんが、どうしてそんなにスパイスを入れるんだという。Aさんはスパイスはきらい。あたしはどうもこのごろ、スパイスハーブのたぐいが好きでたまらない。みょうが以外は、なんでも好きだ。みょうがも、いま食べると好きになれるかもしれない。あたしが思うに、スパイスって、異文化にたいする興味、好奇心だ。そしてそれって、今いるとこを出たいっていう欲求だ。普遍的にものをいえば、つまるところ、他者にたいする好奇心だ。

バナナカスタード

バナナ入りのものが多いのは、トメの食いかけバナナがいつもそこらへんに残っているから。

「バナナカスタード」薄切りバナナをしきつめた上に、熱いカスタードを流しこむ。

「バナナ焼き」鉄板の上で皮ごと焼く。焼き肉のとき、ちょっとおいしい。

「バナナブレッド」うまくいくときもあり、いかないときもあり。

「バナナクレープ」「冷凍棒つきバナナ」説明はぶく。

「バナナ牛乳」牛乳に漬けておくだけ。バナナから甘みと香りととろみが溶け出して牛乳にうつる。バナナはかすかすになるが。

バナナは「テンプラ」（ホットケーキＭＩＸで揚げる）もオツだし、何だっていいってことですよ。でも、混ぜごはんやみそ汁の具には合わない、と思う。カレーとチャンプルーなら合う、と思う。

5／8

ねこ

ひろみちゃん
あのね、つまんないの。すっげーさびしい。男は用事があって家に帰った。わたしは昨日と今日、一人ですごした。寂しくって泣きそーだ。散歩したり買い物したりして過ごしたけど、「お休みになったら♪」という思い入れが強かったばっかりに、すっげー寂しくなっちゃった。これから5月いっぱいスケジュール詰まってる。仕事はもう入れないつもりだ。それでも十分に働くんだ。なのに、お休み、終わった。
別にどーゆーゴラクも望んではなかった。それがいけなかったかな。もっと遊ぶ計画立てとけばよかったかな。考えてみると、これまでの人生、ずうーっと、こうだったかもしれない。何の計画もなく、何の要求も（男にだよ）せずにやって来ちゃったからな。どーして用事なんかつくんのよって思った。わたし、だって、これまでお願いしたりしなかったんだからね。2つ泊まって一緒に遊ぼうってお願いしたんだけど、男もお願いって言って、お願いし合って、わたし折れた。

どーしてこんなことになっちゃったかなー。

2日前のことだけど、すごく寂しくなっちゃった。それでも二人で散歩してるうちにごまかされた。わたしたち、墓地、散歩したんだよ。なんだ？　わたしは何でこんなにいい子してるんだ？

Qから「会いませんか？」と電話があったと言ったっけ？　やっぱり休みがとれなくって、駄目になりました、と電話があった。わたしさ、会うの、どうしようかな、どうしたものかなって、考えてたんだよ。でもとりあえず、日にちがとれないのを知らせてくれてありがとう、と言ったら、「人間として当たり前のことです」と答えた。「人間として当たり前」って一体どーゆーこっちゃあ。わたしはそんなもん、これっぽっちも望んどりゃせんっ。人間として当たり前で女に接するなんて、人間として当たり前じゃあないっ！　ぜったいっ！　どうして、自分のことから離れられないんだろう、あの人は。わたしが欲するのは、毎日のように電話をくれて、休みの日にはできるだけ一緒にいてくれるような男です。これはもーはっきりした。

とりあえず連休のごはんですが、3日は父母が来た。女友達がまだいるときね。これがたぶん、この前の続き。父母にほんとおに助けてもらうように、冷蔵庫の中でわたしが捨てられずにいて明らかに傷ませてしまうようなものを、全部持っていってもらった。ちょびっとの挽き肉、はんぱな魚、冷凍ポテトとか（これらは冷凍庫から）、野菜袋に保存されて、緩慢に死んでいきそうな野菜たちとか。わたし、ほんとうにせいせい。盆暮れ正月、黄金連休に、冷蔵庫がすかすかになるの、すごくすてきだ。解放感！

男とわたし、渋谷でレコード買って、そのあと、そうそう、ベトナム料理屋でごはん食べた。スペアリブをのせたご飯（男）、辛い汁ビーフン（わたし）、生春巻き＝ゴイクン、ベトナム式クレープ（これは初めてだったので、なんかもう終わっていたメニューの代わりに頼んだ）。生モヤシはうまいねっ。

帰ってきてから、男はわたしが親に作ったレンジ蒸しケーキ（レーズンと松の実の入った黒砂糖蒸しパンみたいの）の残り、あっというまに食べた。男の人って、けっこう甘いもの、食べるね。女がデザート作るときって、ほんとに、誰かのために作るような気がする。わたし、自分のためには甘いもの、作らないもの。子どもがいたら作るんだろうなあ、とか、人が来るときは作る、と思うけれど、男のために作る、とゆうのもありかもしれない。

次の日、ひろみちゃんにFAX送った後だね、朝とお昼をかねてくるみパン、チキンのトマト煮、人参サラダのご飯。全粒粉と小麦胚芽ときざんだくるみ入りのパン、焼いた。これは起きてから何時間かしてからじゃあないと食べたいと思わない男のせいだ。パンが焼き上がる1時間半後くらいが、ごはんにちょうどよいと思ったからだ。発酵させてる間に、冷蔵庫のチキンとトマト缶と赤と黄色のピーマンの切りかけ（仕事の残りだっ）を煮た。人参は千切りにしてカッテージチーズと一緒にサラダだ。どーしてこーなるかなーと思いつつ、スリップでパンこねたり、うろうろしてるのがうれしくってさっ。ブルースかけてるしさ、南部の女みたいじゃあないのと思いながら、喜んで朝飯作った。

そのあとは、うーん、墓場散歩とひとりのごはんの連休。いろんなもの、作ったよ。つまんないもん。冷蔵庫や冷凍庫を片づけてゆく料理。

例えば今日の朝は、玄米の雑炊に木の芽を混ぜたの、新ごぼうとブルーチーズの炒めたの、冷蔵庫にいたハンバーグ、とかね、そーゆーの。夜ごはんはね、人参（なぜか人参ばかり、たくさんあった）と、冷蔵庫にいた刻んだ長ねぎときのこを入れた焼きそばとか、そーゆーの。焼きそば麺も1個だけ冷蔵庫にいて、片づけたいと思ってた。そーゆーごはん。すっからかんにしたいと思いつつつ、連休は終わった。明日はもお、買い物だ、仕込みだ。

スパイスやハーブって、わたしも好きだ。これってたぶん、しょうゆだけにしたくないってゆう想いとも通じてない？　スパイスってさ、とても上手に使えたら、しょうゆみたいなもんである、たぶん。インドではスパイスがしょうゆじゃ。

スパイスとつきあってきて思うのは、たとえばナツメグ入ってるっとか、シナモンねっとか、クミンじゃん、とかって、絶対に当てられないように使えるとけっこう人生の深みにはまるってこと。Aさんは今、あーゆー時期だから問題外だけどさ（わあ気持ちいー。問題外じゃあっ）、香辛料ってもお、ないじゃあ生きてゆけん。香りも辛みもない暮らしなんか、なんだあっ。

それってさ、あれだよ、もちろん十字軍のスパイスのことだけじゃあなくってさ、豪気なバターもブランデーも含めたような、いろんなプラスアルファのことだけれどもさっ、そーゆーのがスポットライトのように、めしやらたこやらすき昆布やら、おまけにバナナもカスタードも照らし出してこそ、料理にめりもはりもつくのよ。

余分な思いが張り付いて、じゃまっけじゃあって言われつつも、そーゆーのが、なんだか人に対する想いよねっ（おかしな結論。でも男のことは心配しないでね。たぶん、大丈夫。自分の思い通りにはいかないこと、たっぷり身にも奥々の骨にもしみてんの）。

下味

ちょっと食べただけで、すっぱい！からいっ!!ていうの、ナイスです。だけど、どんな調味料（スパイスも、もちろん含む）がどれだけ入っているのかわからないような料理にも惹かれます。だから調味料の、「隠し味」とか「下味」という役目がすごくおもしろいんです。たとえば肉を焼くとして、下味をつけるのとつけないとでは全然違います。下味は、そのヒト（肉ですが）の持っている強すぎる個性を抑えることができるから「俺は肉でい！」っていう主張があるところを、まあまあってなだめるような役目を果たしてくれます。もし、下味をつけずに最後だけで味つけしようとすると、力でねじ伏せる感じになって、調味料もたくさん量が必要になります。ちょっと、けんか腰になっちゃうわけです。

3

煮つまって焦げついた鍋たち

6/18〜6/30

ひろみ　カリフォルニア
ねこ　東京

6／16　　　　　　　　　　ひろみ

ねこちゃん

おーい、どーしてるー？

ながいあいだごぶさたしてました。てなわけで、今しめきりがわらわらと襲いかかってきてて、息をもつーがーず（村の鍛冶屋）ってなぐあいです。すると、こういうの書きたくなるんだなあ。あまんじゃくっての、あたし。

トメは保育ママ[*1]さんのところ。1日4時間、1時間3ドル。はー。これで少しは仕事ができるようになった。

こっちにきて一週間めはたいへんだった。Bさんが有頂天の欣喜雀躍《きんきじゃくやく》しちゃって、20人お客よんでインド料理の大パーティーだ。あのように腰は不自由だし、トメはいるしで（そのときはまだ保育ママさんには預けてなかった。保育ママさんを探す時間もなく、玉ねぎを刻んだりいためたりしていた）、料理の用意に一週間かかった（買い出しもふくめて）。でも時間がかかった理由はまだある。Bさんのインド料理のつくり方が、根本からおかしい。性格が悪いのか、お料理にむかうときの姿勢が悪いのか、インド料理そのものの体質なのか、どっち?

とにかく『古典インド料理』という本（何年も使ってるからぼろぼろ）を手にとって、何時間もかけて熟読玩味して、おもむろにメニューを決める。ポークのカレー（カレーだよ、カレー、あたしには何でもカレー）をご飯にまぜてオーブンで焼いたのと、ポークのビンダルー（これもカレーだよ）と、揚げカッテージチーズと豆とトマトのカレーと、えびのカレーと、きゅうり入りのスパイシーなヨーグルトと、ミントのチャツネ[*2]と、オニオンとレモンのチャツネ。

本に出てるのは、たいてい6人分だから、3倍にかけ算していって、必要な材料を書き出す。

（かけ算はできても、わり算とかひき算はできないのかも……つまり、何品かつくるものをいちいち3倍にかけていったら、6人前×3×4品=72人前になるんだけどなー、多すぎないかなーとあたしは思う）

インド食材屋に行ってスパイスをそろえる。それから材料を買って、つくりはじめるんだけど、これからの手際が悪いのだ。「インド料理ってものは（へいへいご高説ごもっともでごんす……）たいてい玉ねぎ炒めと、同じようなスパイスの組み合わせからできていて、それぞれの量でぜんぜん味が変わるから、慎重に計らないとだめだ」とBさんはいうし、あたしもうけたまわるんだけど、それにしても、あんまり、理科の実験のようなのよ。玉ねぎをみじん切りにして計り、しょうがをみじん切りにして計り、にんにくをみじん切りにして計る。カルダモンを計り、クミンを計り、シナモンを計る。マスタード油を計り、コリアンダーを計る。Bさんという人間が、まったくひとりの計量機械と化したようだ。

揚げチーズも、いちいち牛乳を温めるところからはじめる。豆腐のかたいやつ使えばかんたんじゃないといったのに、聞く耳を持たない（それでお客さんのひとりが昔インドに住んだことのある人で、自分も揚げチーズのカレーをよく作るが、いつもトウフで代用するといったので、Bさんはがちょーんとなっていた）。

実験っていうより苦行のための苦行だ、これは。ほんとのインド文化持ってる人たちも、こういう実験か苦行かっていう料理のしかたをするわけ？　そんなんじゃ生きていかれないじゃん、とあたしはむかついた。

あたしのつくるのは、たいてい日本で母がつくっていたものの見よう見まねだからさ、味はからだにしみついている。だから本を見て、カップだスプーンだと計る必要がないわけ。アメリカの料理って、趨勢《すうせい》はこんなふう。みんな、ていねいに計って本を見て、つくる。だから料理本の懇切丁寧さったらないの。見てそのとおりにすれば、ちゃんとできるようになってるの。その理由は、みんなが自分の文化以外の料理をつくりたいからだと思うのね。

イギリス系がインド料理つくって、日系がタイ料理つくって、中華系がフランス料理つくって、ドイツ系がイタリア料理つくって、ロシア系が中近東料理つくって……てぐあいだ。塩梅わかんないもんね、本のとおりにやるしかないわけ。

料理してる間中、あたしはむかついて困った。Bさんと一緒に住むようになって最初にやったのが、これだ。客のための料理だ。あたしは客のための料理づくりが、だあああいっきらいなのにもかかわらず、いいだくだくと玉ねぎを刻み、皿を洗った。アシスタントとしてはすごく有能なの、あたしゃ。こんなふうにいいだくだくと男にしたがって、あ西さんあ東さんというように生きてきたなあ……と思うと、なさけなくも薄ら悲しい。

でもね、年は取るもんだよ、今回もマキ[*3]いれてがさがさやりはしたけど、いいだくだくとじゃなかったんですよ。不満たーらたらいいながらやりましたよ。なんか、それだけ、もう、他人にしたがぅ自分てのが見えてきたんじゃない？トメを背中にひっくくって、声高らかに「はーるのうらーらーのすーみーだーがわー」とか「おーどーまぼんぎりぼんぎり」とか歌いながら、あたしゃ玉ねぎを刻んで刻んで刻みぬきましたよ。

でも玉ねぎを刻んだり、炒めたりしてると、無意識の中にしずんでいる悪意（いまはたいていAさんに向かうのだ）が浮かびあがってきて、ふと、自分が、何かにかみついてかみ砕きそうな顔をしているのに気づく。

重たい。

トメが、トメ用いすにすわって、ごはんを食べながら（正確には食べさせてもらいながら）、本人はスプーンや、パンやなにかをふりまわしているんだけど、ときどき、ぽいっと捨てる。下に。パンや、スプーンや、ナプキンを。落っこちるときもある。そういうときは、あーあというふうに下を見て、惜しそうにする。だからひろってやる。でもときどき、あきらかに意識的に下に落とす。つまり、捨てる。

ああいうふうに、人生の中のいやな部分を、ぽいっと、自分のテリトリーから外に、捨ててしまえたらいいのにと思う。ぽいっと。……そしてパーティーのあと、あたしたちは3日3晩、インド料理を食べつづけた。あたしはインド料理が好きさ。食べた後は玉ねぎを刻んだことを後悔してない。

＊1　カリフォルニアのこのあたりでは保育園というものが完備されておらず、数人の子どもを預かる保育ママさんか、個人的なベビーシッターをやとうしかない。

＊2　甘かったり辛いだけだったりする、スパイスと合わせたペースト、またはジャムに近い保存食のようなもの。付け合わせにしたり、カレーに入れたりすることもある。

＊3　芝居の世界では、時間が押してくると「マキが入る」といって、「マキが入る」とみんなてきぱき急ぐんだそうです（ねこにきいた）。ある日ねこちゃんといっしょにきゅうりを切っていたら、「ひろみちゃんのきゅうりの切り方は、マキが入っている」といわれました。自分でも人生全体ときどきマキが入りすぎているなと感じることがあります。

ビンダルー（ジュリー・サーニ『古典的インド料理』から）

肉のマリネに以下のものを計る。

クミン　小さじ1
黒マスタードシード　小さじ1
玉ねぎ　中くらいの1こ
にんにく　4片
しょうがみじん切り　大さじ1
りんご酢　大さじ2
サラダ油　大さじ2
シナモン　小さじ1／2
クローブ　小さじ1／4

煮込むときにはつぎのものを計る。

タマリンド　1インチ大
菜種油　半カップ
玉ねぎ薄切り　1と1／2カップ
ターメリック　小さじ1と1／2

赤とうがらし　小さじ1と1／2
パプリカ　小さじ1と1／2
塩　小さじ2

6/19　　　　　　　　　　ねこ

ひろみちゃん

仕事を終えたとき、部屋中に肉を焼き続けたにおいが満ち満ちていました。やはり肉というものはすごい。フライパンの上でじゅうっと言いながら、見えない脂の煙が立ち上るのだ。においだって、脂だ。それにたんぱく質の焼ける匂いだ。今日作ったのは、鶏の唐揚げ（茄子とのチリソース和え）、豚肉のしょうが焼き（大根と細いアスパラガス、ラディッシュのサラダ付き）、鶏ムネ肉のしょうが焼き・梅風味ししとうと長ねぎぞえ、豚肩ロースのソース風味のしょうが焼き・キャベツと人参と赤と緑のピーマンのコールスローつき、青ジャオロースーのせうどん、豚肉とにんにくの茎としいたけの青ジャオロースー風、鳥肉とアスパラガスの青ジャオロースー風、ステーキ（サーロイン）・ポテトととうもろこしとトマトサラダ添え、ステーキのおろししょうゆのせ・モヤシ絹さやコーン炒め添え、長芋とステーキのころころ焼き・レモンじょうゆ風味にんにくと青じそ入り、キムチステーキ丼、ハンバーグ・温野菜（人参、ブロッコリ、かぼちゃ）添え、ハンバーグサンド（きゅうり、トマトも一緒）、つくね風ハンバーグとチンゲン菜とえのきだけの煮込み、枝豆と黄ピーマンの入ったミートローフ。というお肉大会。お肉の基本的おかずとその変化、またはのれん分け。

と、こーゆー暮らしをわたしはあいも変わらず、いーだくだく（それも男の、ではなく、編集者、または編集部の意向にしたがって）続けておる。それでも今日のハンバーグはこれまでの人生で一番上手だったかもしれない。一番普通のハンバーグが上手にできて、わたしの今日はいい日だったとしてしめくくられるわけです。ぼろぼろで肉臭くて、味見のせいで胸やけしているにせよ、です。

こういったもんです。

ついこのあいだは、画期的にうまいお好み焼きを作った。これは、ちょっと、自分でもうっとりした。胸に自信の火が燃えるというやつ。あのね、ねぎ焼きと言って、わけぎをたくさん入れた大阪のお好み焼きがあるのね、スジ肉の煮込みなんかを入れたりするんだけど、もちろん、お好み焼きのために牛スジを煮込むなんてできないから（雑誌のいーだく）、甘辛味で炒めた牛こまを入れて、わけぎももちろんたくさん入れて焼いて、で、それを!!　大根おろしと青じそとみょうがと貝われのたくさんの薬味＆しょうゆ味で食べますねん。このさ、おろし&薬味、つーところが特許なのよね。それがうまくて、わたしえらい！　ままっこういうのをほんと、人知れずの幸福と言うのでしょう。またはミミズのプライドと言っていいかもしれん（今『ミミズのいる地球』という本を読んでいて、とってもおもしろい……だって3mの長さのミミズのこととか書いてあるんだよ。あとミミズの採集の仕方とかね……だがしかし、なにかひょろ長いものを食べる度、味見する度、ついつい思い出してしまう。きなこまぶしのところ天をごちそうになったときは、ちょうどその前に地下鉄でその本を読んでおり、健康なブナの林では片足の下におよそ960匹のミミズがいる計算になる、というのを読んだばかりだったので、わたしはとても苦労して、その土のような粉状きなこのまぶさったところ天を飲み込んだ）。

まあ、こういった暮らし。仕事ジャンキーと言ってもいいかもしれない。仕事に追いかけられても、上手にできるとわたしってえらいって思うようなつつましやかな暮らし。

Qと会った。そのとき、わたし、涙が出ました。代々木公園で会った。木陰のテーブルに座って、陽の当たっている芝生とうろついている人たちを遠くに見ながら話していたら、海の底にいるみたいだった。なんだか泣けた。Qは髪がずいぶんのびて、落ちついていて、ちょっとずついい奴になってるんですよ、と自分で言っていた。好きな人とか好かれてる人とかはいないんですか、最近、と聞くので、ちょっとJ君とつき合ってると言ったけど、〝ちょっと〟ってどういう意味だろうって自分の中でずうっとひっかかってる。

手をつなぎませんか、と言うので、わたしたち、手をつないでQが洋服買うのにつき合って歩き回った。次の日の買い物（仕事用の）を最後にして、紀ノ国屋の前で別れたんですが、タクシーの中で、わたし、またちょっとだけ泣いた。大体は、なんでこうなっちゃったんだろうというような想いのせいで。ちょっと癒しだな、とも思いながら泣いた。

帰ってきてからなんだったか忘れたけど、一人でごはん作って食べた。テレビ見ながらレシピ書きもした。Qに電話したけれど、出なかった。寝る前にJのことも思い出してみた。

次の日の月曜日は、テレビ番組のためのテキストの撮影で、限られた時間内に全部作って（話したり説明したりしながらね）、ハイテンションに自分を持ち上げて、そのうちいろんなこと、忘れちゃった。揚げ野菜のサラダ（ごぼうとかぼちゃとれんこんを揚げるやつ）と金目鯛をだし昆布の上にのせて紙とホイルを重ねたのでつつんでトースターで焼いたものと、みそ汁と、菊花ととんぶりと昆布茶をまぜたごはんを作って、どれもみんなうまくいった。魚は、これは揚げ野菜をやりたいばっかりに選んだメニューだのに、とてもうまくいって、で、そのせいで、その日はいい日になったんだった。

こう考えてみると……思い出してみると、なんだかほんとに男からのれん分けしちゃってるねえ。それでも結構幸せに暮らしてるようなところが、いいのだか悪いのだか。これがもし、一人の男のための料理だったら、幸福とは言えないかもしれない。だって仕事としてのプレッシャーが、うまく終わったときの幸福を与えてるわけだものねえ。奴隷の幸福。会ったこともない女の人たちの奴隷のわたし。明日また書くね。おやすみ。

3：41AM　東京は蒸し暑いよ。

揚げ野菜

揚げ野菜は、野菜を素揚げにするというのが好き。すごくわたしらしいと思っているメニューです。作り方は、ごぼうとか、れんこんとかを揚げて、酢じょうゆであえるだけ。そこに、酢水にさらしておいた玉ねぎや、ツナをまぜることもあります。油の絡んだものにシャキッとした玉ねぎや生の野菜が入るのがいいんです。バランス、あるんですよね。生きてると、いろんなところで。

6／19　ひろみ

ねこちゃん

昨日は客がきた。つくったのは、タコの小さいのと米のヌードル（ビーフンかしら?）、わけぎ（ここのわけぎはすっごくおいしい）とキムチを炒めたの。むかしソウルで食べたのを思い出しながらつくった。それなりに、まあ、食べられたが、ソウルのはもっとおいしかった。プロにはかなわん。タコはむずかしい。生煮えだったからよく焼いたら硬くなった。味つけはキムチ汁とチキンスープとワインとしょうゆと胡椒。ハラペニョ[*1]より小さくてあんまり辛くない緑のチリ[*2]をすこし入れた。飾りにコリアンダー。

小粒ホタテとグリーンピースを、しょうがを死ぬほどいれたチキンスープで煮て塩胡椒してかたくりでとじた。あの有名な揚げねぎごはん[*3]、はい、これで何度めかしら、つくるの。

トマト湯むきして砂糖にひたしたやつときゅうりの塩したやつとピーマンの短冊をオリーブオイルで炒めたのをドレッシングにつけておいて、新鮮バジルをたっぷりかけたの。これは、日本のうちの長屋の三階に住んでいるスペイン帰りの姉妹におそわったやつのバリエだ。

なんか毎日毎日、汎アジア環太平洋極東料理ってな感じで、週にいっぺんくらいとつぜん東欧起源ユダヤ料理がまじって、またアジアにもどるっていう生活。今はそれにおりおり冷凍インド料理がまじる。

……はっきりいう、あたしは料理にあきてるぜ。外食したいが、トメつれてと思うとどーもめんどくさいしなあ。外食もあきるしなあ。貧乏性だしなあ。Bさんの理科の実験はなんだか見てるのつらいしなあ。それにBさんに理科の実験してもらってあたしがトメのめんどうみてるよりは、Bさんにスコッチ飲みながらトメみててもらって、あたしがアジア料理つくったほうが気がらくだしなあ……。みんながジャパニーズのカイセキに行こうとか、スシバーに行こうとか、ジャパニーズがよく来るジャパニーズレストランに行こうとか誘う(みんなというのは、もちろんジェリーたちだ、おもに)けど、あたしは、頑として行かない。べっらぼーめいっ、ここまで来て日本人が日本料理なんか食べられるけえってな感じよ。そんなやわな生き方はしてねえよ、こんちくしょってな感じよ。

こないだ、新しくできたニューヨーク風デリカテッセン＝ユダヤ料理屋にいって、クレープのカッテージチーズ入りを食べた。ブリンチェス、という。ポーランドではナレシニキといって、ほんとによく食べてた。数少ない、あたしが食べられるもののひとつだった。

Bさんとジェリーはブラキ（てのはポーランド語、ビーツ）のスープ（泥じみた味わいの甘酸っぱい赤いスープ。あたしはとてもきらい）。なつかしいのかおいしいのかわからん味だ。そういうとこでも肉食のダイアンは、ポークのリブを食べる。お皿にリブとポテトだけのってるやつ。ダイアンは自分でもいってるけど、ほんとにお肉が好き、食生活のちがいを感じるのはこういうときだ（そのヘルシーぶらない、カリフォルニア人的じゃないとこがあたしは好き）。

こないだBさんがIKEAに行って、ついでに、スエーデン製のお魚のペーストとかブラックカラントのジャム（ポーランド語ではチャールヌイポジェチキ……なんかポーランドで覚えた食べ物は、ついポーランド語名前をひろうしてしまう。その名前じゃないと、味がつかめないのだ）を買ってきた。

それから台湾マーケットで買ってくるウナギのかんづめ。紅焼鰻魚。加青胡椒。って書いてある。ローストしてあるらしいんだけど、ほとんどさんまの蒲焼き缶みたいな舌触り、味、ただ青い胡椒の粒がたくさん入っていてぴりりとする。
こういうものを集中的に食べているのだ。
あたしは「うんこの素」を食いまくっている（註・オーツのブラン[*4]のこと）。

＊1　青とうがらしの一種。小さくてころころして緑色。刻んだ後に目をこすると七転八倒の目にあう。
＊2　とうがらしの総称（赤くても青くても何色でも）。
＊3　ねこちゃんのレシピ。
＊4　オートミールの胚芽。

カリフォルニアと肉

カリフォルニアの人々は健康指向が強い。無脂肪ものがヨーグルト、牛乳はもちろん、サワークリーム、クリームチーズまで普及している。その上、肉を食べない人も多い。チキンとターキーしか食べない人も多い。なんにも食べないベジタリアンも多い。そういう人たちは日本食をベジタリアンに最適な健康食と勘違いしている。ロースカツ丼なんて食べてるところを見せてやったらどう反応するかたのしみである。

6/20　　ねこ

ひろみちゃん　こんばんわ。

きょうは、鍋とか家庭用品とかの大きな展示会に行った。知り合いの女の人が車で連れていってくれて、レインボーブリッジを渡った。あのあたりを通ると、あー街だなあー、東京だなあーと思うよ。都市博がどうのこうのといわれていた新都心と呼ばれるあたり。

免許、取るかなーと、ちらりっと考える。自分の車ってやっぱりいい？　ぴゅーってどっかに行きたいときだって、そりゃあるものねえ。

南部鉄のカッコイイ鍋とル・クルーゼ*のホーローの重たいしっかりした鍋（Bさんさんちは、そーいえば全部そうだったね）と、おひつ（6合用の大きめのやつだ）とアクリルの果物入れとクッションカバーを買った。南部鉄の鍋が、やっぱりダントツのかっこよさ。ほれぼれするきれいさだ。

今日は、もおずうっと、ぼおっとしていた。わたしはほんとにローテンションの人だ、基本的に。低血圧、低体温、低脈拍、低心拍。爬虫類状態だ。脳の旧皮質のところだけで生きてるような日。

朝は玄米の炒飯、昨日の残りのきざんだしょうが焼き入り。冷蔵庫に入っていた冷たいおみそ汁と大根おろし青じそまぜつき。夜は、なめことえのきだけと昨日の残りのきざんだステーキ肉を、にんにくとしょうがとあさつきの刻んだの入りの炒め煮にしたやつ。酒としょうゆで味をつける。お肉はお肉で、おいしいと思うんだけど、結局きのこばっかりたべてお肉が残りがち。肉食のせいで、ぼぉーっとしてたんじゃなかろうか。血が重たくなって、さらに血のめぐりが悪くなったせいなんじゃなかろうか。

男から電話。日本に帰ってきたらしい。

＊　フランス製の重たいしっかりした鍋。おいしくできるし、洗いやすいし、気に入ってるけれど値段も高い。一生ものだいっ！と思って買うけれど、おばあさんになったときにこの重たい鍋を扱えるかが気がかり……。

6/22　　ひろみ

ねこちゃん

今日は朝がうんこの素、7つの穀物MIX（7つとはなにか知らない。ときどき12の穀物MIXというのもある。ただの縁起かつぎの数字か？）グラノーラ[*1]の干しりんご入りメープルシロップかけ、オーツのブランと、アーモンドのスライスと干しクランベリーをブレンドしたやつ。ノンファット牛乳とライスドリンク[*2]で。

　Bさんはグレープフルーツジュース。それから今日はイングリッシュマフィン。チーズが何種類か。ジャールズバーグにチェダーに、もうひとつ、何つったか、あたしが買ってきたやつ、Bさんの趣味じゃない。えーと、トムソンガゼルみたいな名前の、ジャックオランタンみたいな名前の。

　トメに食べさせようと思って買ってきたの。トメが、日本で6Pチーズ好きだったのに、こっちに来たらチーズ食べなくなっちゃったから。でもやっぱり食べないね。まあ日本人の血がさわぐのかもしれない。

ツナ缶にマヨネーズ混ぜたんだけど、こっちのツナ缶はどうしてこんなにまずいんだろう。キャットフードみたいだ。日本のツナ缶は、水煮のだってもっときちんとまぐろ味なのに。こないだ、残りもののサケにサワークリームとバジルと胡椒を混ぜたのをつくった、あの組み合わせはおいしかった。

お昼は、きのう炊いたバシュマティライス[*3]に例の紅焼鰻魚のせてちょっとそばつゆたらしてチンして鰻丼。うーん、あれかなり青胡椒がきいてておいしいんだ。それに今回山椒を持ってきたからね。でもねー、あたしは長いお米が好きだけど、丼ものにはしにくい、やっぱり。箸で食べられないから。それをBさんは日本食と思いこんで、いっしょけんめい、プライドをかけて、箸で食べようとするから、気の毒になっちゃう。

午後は、来週運転免許の試験（カリフォルニアの免許）だから、その練習にドライブに出かけて、料理用のお酒がないから台湾マーケット行こうか、えー、お酒いっぽん買うのにあそこまで行くのーなんていいながら出かけたら、つい大量販売の問屋みたいな店[*4]に寄っちゃって、買った買った買った買った。

なんかこの国の文化は、買えばいい、買わせりゃいいと思ってるみたい。

ガリバーが巨人国に行ったら、きっとこんな感じ、そこにある物は、何でもかんでも大きな容器に入っているか、普通サイズのがいっぱいつながっているかなの。チキンスープは普通サイズのかんづめが8つで一組。ケチャップやマヨネーズはばけつみたいなのに入っているし。粉チーズはビールびんくらいでかい。

で、あたしたちが買ったのは、4ダース入りのイングリッシュマフィン、ペンキ缶のようなチキンスープ、車用洗剤みたいなキャノーラ油、10キロくらい入っている玉ねぎの大袋、何十こはいってるかわからない冷凍鶏モモ、12袋入りのスパゲティ……食い物ばっかり買ってるのあたしたち。ほかに4こ入りのごみ箱や（4こあってどうするんだ）128こ入りの紙オムツ、そういうのも買って、いちもくさんに家へ帰った。

この頃おいしいパンにめぐりあわなくて、イルフォナイヨ[*5]はあるけど、あたしはあきた。乾いた、かみしめなくちゃいけないパンは、あきた。かみしめてばっかりいると歯が浮いちゃって。ところが今日買った7穀パン（でかいのが3本で一組だよ、冷凍したよ）は、けっこうおいしかった。

夜は、パンとレモンチキン（これをあたしたちは日本の家庭がカレー食べるくらいの頻度で食べている。鶏のおなかにレモンを2個入れて、塩胡椒まぶして焼くだけ）、茄子（でかい……その店で買わなくてもすごくでかい）をオーブンに入れといたら「ぼんっ」とすごい音をたてて爆発した（皮に穴をあけとくべきだった）やつにバルサミコ[*6]かけたやつと、ロメインレタス[*7]のサラダ（はじめてうまくドレッシングつくれた）。

トメにこのごろ卵をやってなかったの気がついて、カスタードつくった。ねこちゃんも知ってるとおりここの卵は色がない。白いカスタードができた。

＊1　シリアルの一種。全粒粉やひきわり麦など繊維質の穀物をかためて、かりかりにしてある。この場合は、メープルシロップ味干しりんご入り。
＊2　米から作った白い液体プレーン味。チョコレート味、バニラ味などがある。牛乳の代用品として、豆乳とともに、健康指向の強いカリフォルニアではやっている。これにプルーンジュースやオートミール、アーモンド粉などを混ぜたものは「アマザケ」という（……いえよ、ってな感じでしょ？）。
＊3　インディカ米の一種。コシヒカリ……みたいなものらしい。
＊4　当時はちがう名前だったんですが、その後COSTOCOという名前になって今に至る。
＊5　有名なイタリア料理屋。ここのパンは上品でしっかりしていてたいへんよろ

しい。お値段もよろしい。

＊6　イタリアの、熟成させた赤ワインビネガー。酢と考えるより酸味のある調味料として使ったほうが使いやすいかも。

＊7　葉が重たく、ぱりぱりして、緑が鮮やかなレタス。

シリアル

朝食用の、コーンフレーク、だけかと思っていたら、とんでもなかった。子ども用のいろんな色と形と甘みがついて楽しいもの、おとな用のナッツや干しくだものが入ってにぎやかなもの、押し穀物が入って歯ごたえがばかにあるもの、玄米入りや雑穀入りの健康食を追求しているもの、まじめすぎるもの、ボール紙か鳥の餌のようなもの、かりかりして甘くてお菓子と変わらないもの、いずれにしても、牛乳をかけて食べます。かりかりかりかりかりさくさくさくさくもそもそもそもそ、という口を動かす原始的な欲求を満たしてくれる食べ物、そういう意味ではポテチ類に近いかも。

6／23

ねこ

ひろみちゃん
やっぱり消費文化の国だよねえ。それにスーパーマーケットの国だねえ。4ダースのイングリッシュマフィンって、10キロの玉ねぎって、いったいどうやって消費するのだ。とてつもない体力のある人たちの国だなあ。お散歩ついでにお刺身とつま用の大根半分と、そーそー、貝われと青じそも買ってみよう、とか、そういう暮らしに向かって逆噴射しちゃいそうだねえ。車の免許、いるねえ、アメリカ暮らし。わたしの買い物よりたくさんなんで驚いた。
今日作ったのは、冷やし中華や冷たいつけ麵風のものとかを15個だったたか。たんたんと作った。うちのキッチンで。カメラマンも女の人だったので、編集の人とスタイリストの人との世間話を耳に流しながら加わらずにたんたんとそばの上に具をのせ、たれをかけた。女の人たちの噂話やダイエットの話は、そうか、こうゆうふうなんだなあと思い出した。けっこうつまらん。どうして女の人たちは、ダイエットの話や体型の話やコーシツ（これってどーゆー字だっけか、天皇の家族）とかの話、好きなんだろう。

ここんところ手伝ってもらってる女の子は19歳で（お母さんは39歳だそーだ）、最初に来たときから比べると、もくもくと大きくなって、たぶん4、5キロは太ったんだろうか、でも太ったとか何にも言わなくて、仕事で作ったクッキーを山ほど持って帰ってくれたりする。ご飯もよく食べる。「あの、おかわりしていいですかあ」とか言ってる。わたし、それ好きだし、かっこいいと思うなあ。おいしそうだし、けちくさくないもんなあ。女の人が年をとること、年をとって四六時中体型がどーのといいつつ茶菓子を食べたりするのは、それはそれで、まあ嫌いじゃないけど、食べたいときはすっきりぱくぱく食べて太るの、いーよなあ。

さっき仕事を終わって、教育テレビでフェリーニの〝8½〟ぼおっと見てた。女たちは胸もおしりもでっかくて、すぼんだウエストからちょびっと肉が段になってたりしてるんだけど、いいじゃんなーって思ったの。スーパーモデルと呼ばれる人々が日本の若い女の人たちの憧れであるらしい。スーパープラモデルってかんじがするよなあ。サンダーバードに出てきそうだ。ペラリッとした価値観。

あたし、そりゃーぶよぶよんていうのに悩んでもいるけれど、コーシッの話をするくらいなら、ミミズ掘りに行きたいなあ（ほんとかね）。やせることや（そりゃ、それで価値がないとは思ってない、しつこいが）、若いことの、ペラリッというのじゃない部分にも、（もがいるかねえ、やっぱり、しつこいが）惹かれる男を見つけだすほうがいいような気がする。おもしろいと思う。

今日は、朝、玄米ご飯と、昨日の炒り豆腐、ふきとうど炒め、ししとう炒め。そののち、冷やし中華の味見を続けて、ゼリーを食べた。結局、夕ごはんは食べなかった。女の人たちは、ほとんどの冷やし中華やつけめんを食べ尽くしてくれて、わたし、それはほんとによかったと思ってる。ああいう、のびてしまうものは結局捨てることになる。作ったもの捨てるの、やっぱりとてもいやだもの。

明日はデートだ、ふっふっふ。でも、そういうときに限ってQに電話してみようかしらって思うの。ステディな男のいない暮らしに、調教されだしてるようだねえ。

ふき

春の素材ですね。あらかじめ水煮したものも売ってるけど、水煮だったら使わないほうがましと、わたしは思っています。ふきの身上って香りだと思うから。板ずり（まな板の上で塩をふってごろごろさせる）をして、ゆでて、水にとって、皮をむいて（包丁の先端で少しずつむいてから、1本分くるりとむく）……ということは面倒くさいけど、春の香りがします。煮るのが難しかったら、炒めちゃってもいいんです。うす味で上品に煮ようと思うから面倒くさいので、油で炒めて塩ふったり、酒としょうゆで味つけたり。ごま油で炒めて、こぶ茶と酒とうす口しょうゆちょびっとずつふってみたり……というふうに。気軽な春があったっていいんですよね。

6／24　ひろみ

ねこちゃん
ステディな男のいない生活より、仕事に追いまくられる生活が、煮つまってなーい？

消費文化のまっただ中にいますとね、消費するばっかりじゃエネルギーがなくなっちゃうなとしみじみ考えるです。エネルギーの補充はときどきしなくちゃ。太るってことね（やせるってことも）、あたしの人生のオブセッションだから、ひじょーによく考える。

あたしついこないだまで、がりがりにやせてたじゃないさ。ああいうときって、人生が、山のいただきに立ったような気がするのよね。ぱあっっっと視界も可能性も暴力的にひらけて、性欲とかもすごく昂進するんだよ。

45キロ割ると、おおおお生命の火がゆらいでいるなと自分でも感じるし、そういうときってかならず精神的にも危機のときだ。それでもいったん食べないモードに入っちゃったら、食べる行為はなかなかもとに戻らないんだよね。食べないって快感なんだよね。今は、食べる行為は、地に足がついていて、楽しくて、健康。ただしい愛情生活と家庭生活は、ただしい食生活をみちびくのかも。日本にいたときは不安定だった。あいや、書いたおぼえがあるです、ねこちゃんに、こういうこと。まあいいや。

でももともと骨格がたくましいから、トメ産んでからしっかりもとに戻って、このような体格になりました。

あたし、太ってる女が好きなんだ、性的に。いやまじで。男は、今の男はたまたまかなりの太めですけどね、基本的にはやせてようが太ってようがどうでもいい。ほらアレはがりがりだったし、それからナニはぽっちゃりしてたし、「浮浪者」は、やはり商売柄か、たくましいながらもきゃしゃだった。抱くと、こんな感じ(うっ、思い出すじゃないか)。Aさんは知り合ったころはすごくやせていて、はじめてセックスしたとき、背骨が浮かびあがっていて、ああいいなあと……。

男はやせてるやつでもけっこうどうもうにものを食うからね。ねこちゃんみたいの、いいよ、すごく。食べることにつながるどうもうさを感じるのかもしれない。そしてそれは、存在にも性欲にもつながるものなの。

今あたしは、こないだ買ってきた、マヨネーズびんより大きいびんづめのペスト[*1]と格闘している。昨日は、エンゼルヘア[*2]にまぜた。なるべく油の少ないのを選んだのに、すっごく油っぽくて閉口した。この大量の、すごく油っぽいペストを、いったいどう消費したらよいのか。教えてください。マッシュルームと新鮮バジルをたっぷりまぜたらどうかしら？　あるいはホウレンソウの中に入れてブレンドしちゃうとか？

こんなに油っぽくなくてこんなにチーズくさくないとすっごくおいしいのにと、あたしは残念である。あたしはチーズがきらいである。ますますますますきらいになるのであーる。

ま、とにかくペストとエンゼルヘア。それとレモンチキンの残り。きゅうりの酢の物ラー油いり。蒸した冷凍野菜（ニンジンカリフラワブロコリ）にバルサミコと塩胡椒だけ。

お昼はトルティーヤ[*3]（これもこないだ買った、1キロ入りの大袋を）でチェダーチーズとチキン入りのケサディーヤ[*4]をBさんがつくり、サルサのかわりにマンゴとチリのインド風ピクルスを入れた。

おっと、あの思い出せなかったチーズの名前は、モントレージャックだ。ねー、ジャックオランタンやトムソンガゼルに似てるでしょ。

＊1　大量のバジルと松の実とチーズとオリーブオイルをペーストにしたもの。疫病のペストとはつづりが違うそうで。
＊2　そうめん状の極細パスタ、カペリーニの英語名。
＊3　メキシコ料理の基本食品。卵の入らないクレープのようなもの。つつんだり、巻いたり、すくったり、敷いたり、揚げてあったり、焼いたり。
＊4　トルティーヤにチーズをはさみ（かしわもち状）、両面を焼いたもの。

6/25 ねこ

ひろみちゃん

あのさ、モントレージャックってさ、わたしも名前にひかれて一度買ったことがある。すごくアメリカ風な名前だよね（アメリカのチーズじゃ、なかったっけ?）。ジャックオランタンにもトムソンガゼルにも、ん、似てる。ジャックオランタンは人の名前ですか？　トムソンガゼルはわかる。『アフリカの日々』の中に出てくるカモシカみたいな動物だよね。ジャックオランタンも聞いたことがある。そのときは、やっぱりジャックオランウータンって思った。

ペスト問題は深刻である。現実を知らないだけに、ここはひとつ、ひろみちゃん独自の展開をなさるほうが、現実に即した方法であると思われます。しっかしほうれん草やマッシュルームに手がかかるとなると、最初から新鮮バジル（日本語は固いやね。ひらがなで、ばじると書くより、バジルとカタカナで書いたほうがさらに固く読んじゃうね）で作ったほうがラクチンみたいなかんじだね。市販品を直すのは難しいね。仕事でもよくあるけど、いっつも困る。レモン汁たらしちゃうとか、刻んだトマト足しちゃうというのは、駄目かしら。もうベストのイメージを放棄しちゃって。

おととい、男と上野で会って（男はどっかの会社に行っていて築地、わたしはなをさんのところ、上野に行っていたから）アメ横で、まぐろのおさしみを買った。わたしは赤っぽいところを買おうとしたけど、売り手のおじさんにあれよあれよという間に大とろと書いてあった（しかも8000円と書いてあった）色の悪い変な刺身を1000円で包まれて、なんだかあやしいねーといいながら帰ってきた。そのほかにだし昆布大束1000円も買った。

そうめんを茹でて、あさつきと大葉とみょうがを山ほど刻んで、大根もかつらむきにしてからくるくるまいて輪切りにしてつまをつくって氷水にはなして、その偽もの大とろ（たぶん築地とかに行ったら投げ捨ててありそうなやつ）につまと薬味を添えた。おおっと、そのまえに、薄切りのかぼちゃと、冷蔵庫にいた生の桜えび（これはちょっとうっとりしながら買った）とはさみで切った昆布をす揚げにして、ビールのつまみを作ったんだった。あたし、大きい海老より小さな海老のほうがおいしいと、しょっちゅう思う。と言うか、好きだと思う。川海老の唐揚げとかさ、うまいじゃないの。で、生の桜えびは透き通ったピンクでさ、もちょっと上品な色めでね、塩をぱらりっとふって、うまかった。

この前、さらさらにしてあるドイツの岩塩というのを買って、ぜーたくぜーたくと思いながらふりかけてる（高かったんだよ、近所の高級スーパーマーケットで買った）。でもね、桜えびは海のものだから、粗じおをふった。ぜーたくぜーたく。

それで、というわけで、その8000円（うそつきーっ）と書いてあったくせに1000円になっちゃった偽大とろはというと、どうりでおっさんがさささっとつつんじゃったと思うほどの立派な偽物で、もう筋筋で大まずい。これ、あれだよー、白まぐろだよーと、男は言った。外国の寿司屋で安いから使ってるやつだよーと言った。白まぐろってあるのかなあ。クロマグロなら知ってるけどなあ。メカジキのことかな。ツナにするやつだよ、と男は言ったけれど、正確にはわからない。でも絶対、あの勢いのいい築地のお兄さんたちが、ポイッとほんとに放りなげそうなものだったというくらいはわかる。わたし、やっぱり甘く見られるんだろーなー。はいはい、シロウトさんにはこちら、みたいに扱われたんだねえ。まあ、アメ横で魚を買うクロウトさんも少ないかもしれないが、なにしろデートの一環だったからねえ。で、たくさん刻んだ薬味で覆うようにして、おまけにスダチもぎゅううっとしぼって、気分としては、タイとかどっか、刺身文化圏じゃなくて薬味文化地方みたいな食べ方をしたら、なんとかなったのだった。

そうして男は昨日、住んでる国へ発ち、わたしはまたチョッなどと思いながら、気負いのない一人ごはんを作る今日なのでした。何食べたかなあ。そうだ、朝は大量に作ってしまった残り物炒り豆腐と玄米の炒めご飯。なをさんにもらった無添加インスタントみそ汁。昼間は打ち合わせが3個もあったので、茶を入れ、冷凍庫に入れてあった、前に作ったショートブレッド。その後、にらとキムチと豚肉入りのチヂミ（韓国風のお好み焼き）を作って、それを自分も食べ、来た人にも出したんだった。

夜は、残っていた焼きそば野菜大量入りとセロリの酢じょうゆづけ。

1日のうちに6人の人と家で会ったことになる。2人ずつ、3組。慣らされた、という思いもするが、一人暮らしで、ちょうどだ、というかんじもする。なんだかわかんないなあ。確かに少し前から、仕事に追いまくられる生活、煮詰まってる、焦げだしてる。

薬味

薬味は楽しいですよね。夏は青じそ、みょうが、冬はゆず、ねぎ、山椒。まさに効かせワザです。たとえばおでん。大鍋で作るから、なかなか食べきれなくて、あきてしまうでしょ。そこで薬味を使って食べ分ける。じゃがいもに山椒ふるとか、ごぼう巻きにバターとねぎとか。こんにゃくに柚《ゆず》ちらすとか。そういえば、薬味文化圏の中の吸口《すいくち》文化圏って思うんですが、すまし汁に浮かべる小さい柚とかを吸口っていうでしょ。くわえつつ、というか、お椀のすみにあることを確認しつついただく。あれって、とんでもない発想だと思います。感動します。また話は変わって、にんにく、しょうがを細かく刻むこと多いんですが、料理の度に刻むのは大変なので少量の油に混ぜて小さい瓶などにとっておくと便利です。そのまま味噌にまぜてコチジャンを足す、またはしょうゆにまぜてレモン汁たらしたり、スリごま入れたり、オイスターソース入れてもいいかも。そんな、薬味の楽しみ方もあるのです。

6/30

ねこちゃん　　　　　　　　　　　　　　　　　　　ひろみ

ジャック・オ・ランタンは、ハロウィーンのときのかぼちゃのお化け。モントレージャックはカリフォルニアのモントレー地方のジャック家がつくったチーズってさ。Bさんが教えてくれた。あの人は、いやあの人にかかわらず、男てふものは、ものを教えるのが好きである。

チーズは、一生食べないでもじゅうぶんゆかいに生きて行ける。いやむしろ、周囲に存在しないほうが、ずっとゆかいかもと思うときもある。どんどん日を追って、そういう心境になっていくようで困るのである。なにしろBさんと暮らしている。朝から晩まで、一緒に暮らしている。Bさんはチーズなしでは生きていけない。

西洋人にとって、ダイエットでいちばん苦労するのがチーズなんだとよ。まったく、いったい、何が悲しくて、あんなものと思うがね。

ポーランドに二回目に行ったとき（一回目よりももっとしみじみと食生活を

観察したっけが）腐れ乳ってものが、ここの人たちにとって、チーズってだけじゃなく、きっとしょうゆなのねって思った。腐れ乳とは、ふつうの牛乳を一日二日置いておくと、自然と腐る、というか発酵してくるでしょ。それ。ヨーグルトともケフィル*ともちがうみたい。菌がちがうみたい。すごくくさい。あたしにはヨーグルトもケフィルもチーズもみんなくさいけど。

ポーランドにも普通のチーズはあるけど、腐れ乳やケフィルやカッテージチーズの重要さとは比較にならない。Bさんにとっては、チェダーとかブリーとか、そういうチーズが、まさしく「しょうゆ」なんだと思う。お芋も「しょうゆ」。酢も、もしかしたら「しょうゆ」かも。

あたし酢っぱいの好きじゃないから、おねがいだから酢はつかってくれるなと祈ってるけど、Bさんはいつも使う。スープにも麺にも煮物にも、すぐ「酢」を入れる。

内心あたしがこのように、酢がきらい、チーズがいやって思っているように、Bさんも内心あたしのアジア料理のしょうゆ味やかつぶし味をいやだと思っているかもと思うと、おいしいおいしいっておかわりしちゃう。人の歓心を買うために食べる、というのをあたしはいつもしちゃうのである。

やめたいが、つい、歓心を買っちゃうのである。

きょうトメは「あんずのこまかく切ったのとヨーグルト」「チキン肉づめキャベツトマト味」を保育ママさんのところに持っていった。昨日は「あんずとバナナ入りヨーグルト」「ベイクトポテトとサーモンの酢煮」（その前夜Bさんがつくった。酢だもん）、おとといは「ヨーグルトとカッテージチーズ、ラズベリージャム」「卵入りのポリッジ、チキン」、ねー、かんぺき離乳食メニューのおべんとう。

このごろまじめに離乳食っぽい、どろべたのものをやってる。そのせいかうんこが快調。ここに来る前後は、がさがさとてきとうにやってたし（ご飯もそのまま、パンもこまかくしてそのまま）、おばあちゃんがやたらにプリンやなにかやってたし、ずっと下痢してて、こんなものだと思ってたけど、やっぱ、あれは下痢にちがいない。もしかしたら、てきとうにやってるものを消化しきれないで下痢してるのかと反省して、こっちにきてから、かなりあかちゃんぽいものをやってる。離乳食びんづめも買ってきて（野菜ものだね）やってる。するど、ちゃんと形のあるうんちをする。ほんとにそのせいかどうかわかんないけど（アイスの食べすぎかも……）。

他人にあずけると、お口でかんでくれないから、細かくしたもの、どろべたのものを用意しなくちゃいけないのね。でもとにかくレディメイドの離乳食ものはすっごいやわらかくてあごや歯に悪そうだ、味も悪いけど。だから、イタリア風のブレッドスティックやピーマンやりんごをかじらせている。

昨日は肉づめキャベツのとろとろに煮たやつ、ロメインレタスとわけぎとダイコンとハム（骨つきのでかいやつ、問屋で買ったの）のサラダ（このごろドレッシング失敗しないのよ）。

そして7穀パン。あたしは朝にうんこの素を食べるのをやめた。こないだ入れた7穀MIXがあまり固すぎた。なんか、一日をはじめる大切なときだっていうのに、このごろあんまり固くて、もくもくかんでるうちに、いやになってきて、どーっとどんぶりみつめて落ちこんでくるからだ。あれは煮て食べる用だったのだと思う。

一日トメを見つめてはじまってトメを見つめておわる。

……ペストの解決はまだついていません。太陽が照ってるから。

まあさ、ほんとに焦げついて、切れそうになったらぱっと身をかわせばいいわけで、もうそのくらいの分別も度胸も金も友人もあるからさ、あたしが見ててあげるよ、それでいってあげるよ、今が潮時って。今のところ潮時指数は74から82の間。

＊　ケフィル菌で発酵させた乳。ヨーグルトに似ているがちがうらしい。炭酸飲料のような刺激味がある。ポーランドでは常温に置いて酸っぱくした乳とともに常飲するのである。

4

郷愁のねむたい昆布

7/1〜7/20

ひろみ　カリフォルニア
ねこ　東京

7／1

ひろみ

ねこちゃん

潮時はまだかね？

今、ひとりでお昼に、あったかーいカツオだしのしょうゆ味の卵を1こ落としたスープを飲んで、あとなんかがさがさつまみ食いした。

お天気はいいのに、家の中で、ずっと冷えてて、あたしは冷えについてずっと考えていた。で、あったかいスープを飲んで靴下をはいた。それはしょうゆ味だ。

胡椒もいっぱい入れた。なぜ胡椒を入れたかというと、昨日の夕方、イタリアンパセリとホウレンソウで、ディップをつくったからだ。そのとき、いっぱい胡椒をひいた。胡椒についても考えていたんだけど。ミルに山盛りの新鮮黒胡椒。

昨日はそれからマッシュルームをワインでむし煮にして、フードプロセッサにかけて、それを、Bさんのオリーブソース（多種多様のオリーブとにんにくと玉ねぎとブロッコリと、もちろん酢！）カップ1ぐらいと、例のペスト大さじ3ぐらいと、まぜた。すごくよくできた。今日のパスタにとっておこうと思ったけど、パンにつけて食べてしまった（でも今日もパスタにする）。

パンはイルフォナイヨの極上パンだ。3ドル99セントもした。それから茄子をチンして、お皿のまん中に半分ひらいて、アスパラガス（細くていいのがこんな大束で2ドル99セントだ）をどっさりかざって、バルサミコとオリーブオイルのドレッシング（ふふふ、これしかできないのだ）かけた。それでバジルの新鮮なのこまかく切ってどっさりふった。

あたしもう、ドレッシングすごいよ。刺身というより薬味文化っていうねこちゃんのことばを思い出している。ああいいことばだな、いい概念だし、いい味だなって。

今日は、パスタにソース、それからトマトのサラダ……またドレッシングつくる。

このごろちょっとまた、お料理考えるのあきてるの。パンとコーヒーでいいんだけどな。たまにはすっごく甘いドーナッとかマフィンかなんかで、それでいいんだけど、ディナーつつー概念がうっとうしい。

Bさんがいるからしょーがないっ、よいしょって感じで立ち上がる。

コンピュータを使いはじめたんだけど、さっぱりわかんなくて、いらいらする。ワープロはおそうじしなくちゃいけないらしくて、フロッピーがつぎつぎにこわれるし、仕事はけっこうつまってきたし、早急に柵をつくらないとトメが落ちそうだし、運動しないから身体ぜんたいがたるんでる感じがするし、ふわわわわわわ（あくび）なんかだらけてるー。しゃきっと歩きたいわ。恋をしたいわ。

はははは、恋とわね。

昔、高校生のころ、よく外に出かけたくなると、自転車で東京中走りまわった。アメ横とかもよく行った。親が、じゃついでにって頼むから、犬にやるハムとか、イカとか、あとは忘れた。珍しいものがいっぱいあった。よしあしなんてわかんないから、頼まれたものだけ買って帰った。なんであんなことしてたんだろう。

今、すごく水分、それもあったかい水分をたくさんとりたい気分だ。水のも。

ディップ

ドレッシングがどうもうまくいかないので、ディップを披露するか。友人のダイアンから伝授された。ゆでたほうれん草をひとつかみ分、パセリをたくさん（2、3わ分）葉だけ摘み取る。マヨネーズ大さじ3（てきとうにいっているので信じないように）。新鮮あら挽き粒胡椒、息をのむほどたくさん。塩。ぜんぶをフードプロセッサでよく混ぜる。何回もつくったが、本家ダイアンのつくったものの方が、いつもおいしい。

7/1

ねこ

ひろみちゃん

潮、ひいていて、わたしはここのところ、仕事が楽になっていたせいで、しばらくぶりにゆっくりしてる。先週は撮影が1本だった（それもなをさんのお手伝い）。ああ、ひとの暮らしだねえって思っていたのよ。朝、ゆっくりとご飯を食べたり、新聞を広げたりするのって、けっこういい。テーブルの上に置いたりするんじゃなくて、テーブルに垂直に、両方の腕でもって、背中は椅子にもたせかけてるの。

そのときの朝ごはんは、ソテーしたハムとアボカドと1束まんまのクレソンをざっと炒めてドレッシング（これもフライパンの中に調味料として入れるのです）をかけたやつ、二枚のトーストパンにはさんだ。この膨らんだサンドイッチと人参ジュース。

先週の木曜か金曜、そのあと駅のほうまで公園を抜けてお使いに行って、わたし、すごく幸福だった。ほんとによかったのよ。じわあって幸福で公園の木々までいとおしくなっちゃったりして、こんなふうなことで脳内麻薬物質を出すことができる自分にうっとりしてしまうようだった。「もおおっ!」という時期をちょいっとはずれたところ、ちょっと横町に入っただけで、わき出る歓喜。第九かなんか、天からふってきそうな。長くはいずるような歩みを続けた奴隷の幸福とでもいーましょーか。まさに青い鳥状態。人生、けっこう楽しいです。これって、ステディな男のいない状態の正当な喜びかもしれない。

男も一応、いるにはいて、で、好きも嫌いも、好きかしら好きなのかしらもなあんにも悩みのない状態(わたしけっこう、JにもQにも鍛えられたんだと思う。転んでもただで起きない基礎体力のあるわたし……ひろみちゃんもそうだと思う。

やっぱりわたしたち、色恋沙汰にも人生全般にも、訓練積んでるもん。いい意味でたくましいと思うんですよ。だから、心配しないで。そのうち、突然に空が割れるみたいにして、そこからぴかりと喜び輝くとき、あるぜ。もちろん、そのすぐ後に再び落ち込むことだって、あることくらい知ってるもん。だからこその体力だ)。

それにわたしたち、センシティブなところも、そーそー磨耗されとりゃせん。

やっぱり、どよん、とした中年の女の人って世の中にたくさんいるもんだ。つまんない（とわたしには思える）女の人たちも、いっぱいいる。だから、それに比べてどうのこうのというのではなくて、やっぱり動物園とか水族館に行った時みたいに、おおそおか、いろんな生存の仕方があるものじゃなと、単純にカンメイを受けるもんですよ。いろんな人を見るのは、おもしろい。向こうもそう思うんでしょうな、やっぱり。

今夜は、女の人が二人遊びに来た。とてもおいしいキムチと、コーヒー風味の水ようかんと、シャンパンをくれた。キムチを食べて、ビールをちょっと飲んで、卵豆腐と絹ごし豆腐をあわせて盛って、その上に茹でたいんげんの斜め切りとしょうがの細切りとを粉がつおで和えたのを出した。その後、揚げごぼうとかぼちゃと余ったいんげんを酢じょうゆで和えたの。ラムのロースト（骨付きのところがずらっとつながってるやつを塩胡椒&赤ワイン、オリーブオイル、ローズマリー、ミント、タイムでマリネして、玉ねぎとちびじゃがと一緒に焼いた）。焼きが浅いような気がして、一本ずつバラバラに切ってから、塩抜きしておいたフェタ*をくずしてのせて、もう一度焼いた。わたし、フェタチーズけっこう好き。上手にできました。あときゅうりの塩もみ（皮むきをして青じそとペパーであえた）で、茶も飲んだりしてから、お好み焼き焼いた。やってきた女の人は、お好み焼きの仕事の担当編集者だったんだけど、撮影日に病欠しちゃったの。だから一番のお気に入りだった薬味とおろしをのせて食べるねぎ焼きを是非食べてね、というわけだったんです。

わたしね、一流とゆう言葉のこと、最近考えてる。（とゆうか、引っかかってる）。女の人向けの雑誌の特集でね、新一流のお勉強みたいなのがあって、ありゃりゃ、一流という概念がわたしには全然なかったなあと思って、その雑誌を買ってみた。まだ全然読んでないからそのまんまだけれど（考えずにほったらかしてあるんだけど）一流って考えたことある？ なんだか、身近じゃなくて……あんまりに不思議だった。もちろんエルメスのバッグとか載ってるんだけどさあ、いったいどうゆうんだろうね、一流って。あたしやっぱり支流が好きだな、きっと。読んだら報告する。

＊　保存のために塩水に浸してあるチーズ。ギリシャなどで食べられている。昔は羊乳で作っていたが、今はほとんど牛乳とか。サイコロに切ってオリーブオイルにつけた形態などで売られていることもあり、そのままサラダにのせて食べると、ち

ょっとしょっぱくてうまい。

ドレッシング

わたしは、ときどき無性に葉っぱものを食べたくなるときがあります。そういう時は葉っぱにオリーブオイルたらして手で全体になじむようにざっくりまぜ、塩、酢を加えて食べます。レタスサラダの時はパルミジャーノチーズのすり下ろしたやつ（瓶詰めにしてとってある）をふりかけたりします。

7／2

ひろみ

ねこちゃん

上流、ちがった一流か、考えたこともねーべさ、むしろ下流の研究をば人生かけてしてるような感じよ。二流の人っていう小説、あった、安吾に、こないだ読んだ。

講談社の日本語大辞典ってやつによると（1）もっとも高い地位。THE FIRST CLASS（2）一つの流派。A SCHOOL（3）独特のやりかた。PECULIARITY

（1）はなんかちがう、（2）もちがうか、（3）なら持ってるよ、ねこちゃんもあたしも。

あたしラムだめ、どうにもだめ。くさくって。モンゴルでひつじの解体を手伝った。押さえてていわれて、死んだやつ、そうしたらモンゴル人（男）がどんどん皮をはいでいくのよ、足のところからすっぽり。そしてモンゴル人（女）は、中にたまった血をばけつに汲んでるわけ。べつの人（女）が腸の中身をしごきだして洗ってるわけ。あたしは押さえてただけなのに、脂じみて、脂くさくなって。いやー、それがトラウマで、食べられなくなったと思いたいんだが、そんなことがなくても、ラムってのはくさいと感じるあたしであった。

薬味は、はじめはだめだった、ポーランドのコペレクってなんていうのかなあ……ディルだ、あれとか、ベトナムの香菜も、だめだった、パセリも、ミントもだめだった。それが今は、薬味文化圏よ、すっかり。昨日は、ペストもどきのパスタに新鮮バジルの刻んだのをどばっとぶちこんだやつと、トマト（完熟のいいのだったから、皮をむいた）スライスしてバルサミコのドレッシング（まただよ）にイタリアンパセリをどばさっとかけたの。それにアボカドと海老のゆでたのをわさびじょうゆ。なんかこのごろ温度にも敏感。あんまり冷やしたくないの。あとちょっと冷えてたらと思うことはある。トメ用に室温のくだものの、よく熟したやつむくと、おいしいんだよね。さっきダイアンのとこに猫のうんちとりにいったついでにお庭のトマト（完完熟熟、さわったら落ちた）を失敬してきた。日あたりのいいとこであたたまって、甘くって、おいしいんだよね、皮なんてお湯につけなくてもつーってむけるのよ。

さっきのつづき、フェタもなー。どーも。

じつをいうとオリーブオイルもちょっと。でもああいう植物系はまだまし。ちょっとした違和感でおわっちゃうし、案外気にならないときもあるのに、ラムやフェタはぜんぜんまったく食べられないのはどーいうわけだ。ねこちゃんて、そういうものまったくないの？

あたし魚もあんまり好きじゃない。くさいなーって感じる。青魚はもっと苦手。ねぎ焼はすごく食べたい。こんどつくって。

またもどるが、一流って、そういう雑誌で出てくるってことは、ブランド品ってことでしょ。そんでおそらくねこちゃんが何かそのことばにひっかかったのは、それとはちがう意味でだと思う。どかね？　支流か。傍流ってことばもあるよね。亜流ってのはいやだな。

なんか、ここ数日仕事がはかどらなくてさ。コンピュータ使いはじめたけど、なにがなんだかわけわからんし、なんかさあああ、人生ってさあああ。うわあああああ。あーあ、だ。Aさんのことでもんもんしないだけましかも。

7／4

ねこ

ひろみちゃん

わたし今日歯医者に行ったよ。なんやかや（レシピ書きとかメニュー立てとか）しなくちゃいけないのをサボって、歯医者に行った後、恵比寿の古着屋へ行って服買った。夏みたいな日だった。何の約束もない日って、ふふふだね。7月はもお、あと休みなしかもしれない。だから、今日、よかった。古着は、赤に花模様のワンピース。似合うんだね、これが。前のボタンははじけそうなんだけど、イタリアの女（それも年増のだ）みたいなんだよ。なんだかけっこう楽しいのだ。ここのところ。どーしたんだろう。

わたし、ラムもフェタも好き。ラムを買うって、ちょっと特別なところがある。フェタも。くせがあるじゃないの。で、わたしはそのくせを料理するのが上手なの、と思うからじゃないかと思う。男とか、人間関係もそういうところ、あるかもしれない。いい人だと思うんだけどね……という人とは、もうつき合わなくてもいいかもしれないと思うことがときどきある。自分で自分に向かって、いーんじゃないの、そんなにサービスしなくたってて思うとき。もうだって、あたしにはそんなに時間ないもの。無限に生きてるわけじゃないものって。で、そんなふうな自分って、きっとひとくせふたくせなんだと思うんだよね。そうすると、ひねり薬味、みたいなものに惹かれるのかしら。毒くらわば皿まで、みたいな下流文化かしら。

温度。食べ物の、これってやっぱり、ねえ、えっちに属することじゃない？ぬるいって、えっちだもの、なんだか。東京はここのところ、じわりじわりと湿度も温度もあげていて、湿度というのもおかしなものだと思う。前にひろみちゃん書いていたでしょう。ポーランドから帰ってきて、乾燥したところから湿気のあるところに戻ってきたら、シャツがにおうようになったとか、そんなこと、ときどき思い出す。ごみがすぐにおうようになって、で、そのにおいが、なんだか急にぬらりって鼻のまわりにただようみたいなときがあるのよ。ご存じの通り、生ゴミも捨ててるうちのメインごみ箱は、テーブルのすぐ近くにあるからさ。

さっき、テレビのニュースでは、第2次だか第3次だかのブランドブームだ、と言っていた。シャネルやらグッチやら若い子も持つらしい。ねえ、全然興味ないでしょ？　わたしも全然ない。大体、バッグにも靴にもまるで興味ない。指輪にもない。何万円とか何十万円とかするんだよ。バッグのために働くなんて、なんてこったたってかんじだ。

今日の朝ごはんは、ブルーチーズとカッテージチーズをのっけて焼いたトースト、マッシュルームとトマトの炒めたのと、コーヒー。そのあと、傷みだしてるセロリと冷凍庫の油揚げで作った佃煮と、牛肉（冷凍庫）と人参（野菜袋の中でようやっと長寿を全うしているやつ）を炒め煮して、練りごま入りの甘辛味にしたやつを作った。玄米もたいた。昼夜にわたって、たくさん食べた。冷たいハーブティーも1ℓ位飲んだ。きっと味が濃いめだったに違いない。

わたしは昨日今日、なんだかとてもよく食べています。玄米ご飯で3食食べて、出かけ先でサンドイッチまで食べた。どうなっておるのだ？

でもなんだか精神的に元気。なんか気持ちがにこにこしてる。なんだかかたのしーなーと思ってる。楽天的なかんじで。どーしたんだろう。

源流、などと話をしておったら、枝元湧水と言われた。わきみず、という言葉を聞いたとたんに思い出したのは、料理の仕事をした雑誌でたまたま見た相談コーナーに出てた尿失禁とゆー言葉だった。うーん、もとは一流だったはずだ。

7/7

ひろみ

ねこちゃん

明日サンフランシスコに行くの。でね、このあいだ、外食したときの（フィッシュマーケットという店、魚だけなんだけど、魚料理はグリルだけ、貝ははけついっぱいという、単純な店）モンクフィッシュ（あんこうか？）とか、ダイアンのくれたとりたてのハーブとか、町で食べたほかほかの焼きたてのべべと甘あまのシナモンロールとか、書くつもりだったのにこのごろ詩書いてて、まるで余裕がなかった。詩はさすがにたいへんで、おとといは胃痛と下痢、いや、詩を書いてるといつものことで、もうすぐじんましんと口内炎も出るであろう。で、あしたは朝早くここをたつ。帰ってきたらまた書くねー。……ての を送ったのかな、あたしは。とにかく帰ってきた。帰ってきたら金関先生という、あたしの心のよりどころのインディアン詩を翻訳した人、ジェリーにあたしを紹介してくれた人、その訃報があちこちから入っていて……がーんとしている。１月に吉上先生もなくなったばっかりで。

サンフランシスコではBさんの旧友の家は、ゴージャスな高層マンションで、ロシアンヒルっていう急傾斜の坂の上にあって、ひよどりごえの感じで、車ごとつんのめりゃしないかとはらはらしながら、たどりついたのだった。そこから港が何もかも見渡せる。双眼鏡で、港のアザラシも見えた。奥さんがすごかった。40年こっちに住んでる日本人で、コンピュータ科学者で、ダイアンなみの魔女だった（気に入ったってこと）。いちばんすっげーと思ったのは、あたしたちのためにパーティー何度もやってくれたんだけど、最初は10人呼んだパーティーで、冷凍のいなりずしに、ゆでたアスパラガスとブロッコリ、テリヤキチキン（作ったんだと思う）、中華街で買ってきた豚のローストをビュッフェだ。2日後にまたパーティーで、もっと人が多くて、日本料理屋から出前をとって（おすしとか、うなぎとか……）2日前のいなりずし（固かったよ）、2日前に炊いたごはん、2日前のテリヤキチキン、2日前にも出したオードブル用の一口キッシュ、ゆでたブロッコリ、以上であーる。内心拍手喝采してしまった。ダイアンみたいに飯場担当ってのも潔いし、両極端がいいんだね、きっと。

ところで、一流だけど。奔流、あたし、これにする。

ペストのうまい使い方、サンフランシスコの郊外で、たまたま昼ごはんに入った店で出た。皮はぱりぱりのソフトフランスみたいなパンの上にペストぬって、チーズのっけて、松の実ぱらりとふって焼いてあったの。ローストターキーのサンドイッチにも、ペスト入りマヨネーズがぬってあった。で、さっそくイタリアンのひらべたいパンを買ってきて、ペストぬってチーズおろして焼いてみた。うまかったてばさ。

まだ詩を書いてたときの感じ、旅行の感じから、もとにもどらない、ま、ぼつぼつ。YMCAでエアロビクスをはじめた。鏡にうつった自分を見て、からだは小さいのにたるんでいておどろいた。このごろブラシ（あたし専用）にときどき白い毛がまじる。ま、ぼつぼつ。

お気楽ハーブティー

わたしにとっては水代わり。中でも、桃茶とカモミール茶のブレンドは、年間最多の出番を誇っています。桃茶は、Sir WINSTONというイギリスのブランドじゃないとダメと思っていて、これは当時ティーバッグで売っていました。それにドイツのポンパドールというブランドのカモミールを合わせるのです（カモミール茶は別にどこのブランドでもいい）。いわゆるフレーバーティーって単種で飲むと強すぎるし、たとえばカモミールだけだとボケた味（？）。でも、チームにすると、うまくハマるんです。わたしが家でやるときは桃茶のティーバッグ2つとカモミール茶のティーバッグ2つを、お茶沸かしのポットに入れて、水から煮出してしまいます。熱くなってぷくぷくって空気があがってきたら、それで終わり。それを2リットル入りの耐熱ポットに入れて冷蔵庫で冷やす。夏になったら、桃2、カモミール1、ミント1とかのブレンドにすると、さっぱりします。この組み合わせでなくても、きついフレーバーティーをもらったときなんかは、普通の紅茶のティーバッグとブレンドしてみたらいいと思います。

7／11　　　　　　　　ねこ

ひろみちゃん
ペストの復活おめでとう！

ほん流（字、書けなかった）、いーねー。ほとばしる、みたいな流れのことですか？

魔女もいーですねー。いー魔女ですね。気に入ったのわかります。

わたしは今日も今日とて仕事をしておりました。今日初めて、かめ子ちゃんという19歳の女の子と一緒にチームを組みました。かめちゃんは初日だというのに、大遅刻して、なかなかやるなっと思っていると、スタジオに来たのはかわいいミニのワンピースの女の子で（わたしは自ら「かめ子」と名前を付けたというのを電話で聞いていたので、もーちょっと違うのっさりタイプの子を想像していた）、これがなかなかいい奴でおもしろかった。19歳の女の子に続けて2人会ったことになりますが、やー、いーなー。おもしろいんだね、ホネあるしさ。人は年齢じゃないやね。やっぱり。

それから今日は、ひろみちゃんからのFAXと、湯治に行ってるなをさんからも葉書いただいて、生きてるって楽しーなーという日でした。

今日作ったのは、簡単なもの。ほとんどはうまくいったけれど、レバーのフライ（レバーを使わないといけなかったんです）は、少し失敗した。牛乳で洗って血抜きしたくらいでは、レバーはやっぱりレバー臭いのであった。牛レバーはひんやりとして柔らかい独特の質感なのですが、穴があいていて、何だろうなあと考えてみるに、それは血管の通っていた穴なんだね。すごいなあと思った。それを見たとき。

玉ねぎやら人参やらセロリやらオイルやらワインやらに少しつけ込んでおいてから、料理したらやっぱりぐんとおいしくなっただろうに、なるほどなあ、となんだか思った。レバー臭いレバーを食べながら。

……かの地で、Jは、どうしておるのだろう。

あの男の人は、Qみたいではない。当たり前だが、どの人とも違う人だ。あたりまえだが、不思議だ。

マリネードされた人（結構わたしだ。年を経たという意味で）、素材味の人、陽に干されてドライアップした人、煮たり焼いたりされた人。

……もう次の日になってます。

今日もかめちゃんと仕事。疲れているせいかもしれないのだが、わたしはけっこうハイだし、ごきげん。かめちゃんはいちいちいろいろなことに対する驚きがあるらしくて、それがわたしにもうつる。おもしろい。

例えばさ、「この重ねたボウルを半分ずつにして奥にしまってね」とわたしが言う。耐熱のガラスボウルが手前で山積みになってたからなのね。そしたら「あの、今ずさんな仕事したのを図星されて、照れています」とか言う。おむすびにいちいち感動する。ずしずし質問をする。あーそーかー。子どもがいるっていうのは、ちょっとこーゆーことなのかな、子どもの驚くのを見て、自分の子どものときを追体験するのに近いのかしら、と思った。

今日は簡単なおかずとおむすびの仕事。仕事としては、体力と気力の勝負。ほとんど食事らしい食事をせずに（お昼に出前ののびた冷やし中華を食べた、そういえば）1日中働いておりました。明日もなの。でも、なんとかやっていける。おもしろい人たちとなら、けっこういける。そうだ、あのね、今日のカメラマンの人はBさんくらいの年の人なのね。その人とかめちゃんとか、うんと年の違う人と働くの。おもしろいなあ。ばらばらがいーよね。いろんなベクトルがあっち向いたりこっち向いたりしてて、いーんだ。

今、ひろみちゃんからFAX来た。おかしいねえ。あたしもちょうど考えてた、レバーのこと。とりあえず今日はコロッケを16種も作るの（16個じゃなくてよ！）。全く、わたしの人生！

7／11　ひろみ

ねこちゃん

昨日あたしは「チョップトレバー」なるものをつくった。何カ月か前、はじめてデリカテッセンに行ったとき、あたしは、Bさんにすすめられるままに、チョップトレバーのサンドイッチを食べた。テーブルには、きゅうりのピクルスが置いてあった。

チョップトレバーは、つまるところレバーペーストで、しかしそれは日本の離乳食用びんづめで味わったのとはぜんぜんちがう。昔ポーランドのおばちゃんに教わった、レバーに粉をはたいて多めの油で焼いて、玉ねぎの茶色にいためたやつと一緒に食べるというのに（よくおそうざい屋で売ってた）似ている。

ユダヤ文化ってのはあたしの（これが問題、後述するが）長年の興味であったし、あたしの第二の味のふるさとポーランド料理に酷似してるのであります。おいしいのかなつかしいのかわからん味と、以前、ねこちゃんに書いたような気がする。

旅行のとちゅうでLAのデリカテッセンで、また「チョップトレバー」を食べたらおいしかった。おいしい70のなつかしい30だ。で、ダイアンに話したらつくり方を教えてくれた。くわしい分量はわすれたが、鶏の脂を取っといてそれを使うこと。かたゆで卵を入れること、これがジューイッシュの秘訣だといった。

まず鶏の脂で、玉ねぎを茶色くなるまでいためる。そこにレバーをくわえていためる。卵ともども、フードプロセッサにかける。でやってみた。鶏の脂は、取っといたのだが、やはりどーも、使えなかった。冷凍の玉ねぎいため（前に玉ねぎ買いすぎたときに作ったのだ）を使った。半分バターで半分キャノーラ油。なんか、びみょうに、こみいった関係がこみいった感情とこみいった歴史をひきずっている、よーな気がする。ユダヤ文化にたいする興味は、大半はAさんのもので、あたしはなかば強制的に興味を持たされた。それを今、Bさんから教わって、つくって、おいしいおいしいと食べる。それ自体は、レストランでしか食べたことのない料理なんだけど、それによく似たものなら（ポーランドで）家庭料理として食べたことがある。

Bさんじゃない男と一緒にいれば、こんなに食うことに興味は持ってなかっただろう。チョップトレバーつくろうなんて考えなかったかもしれない。

あたしはむかし、レバーがきらいだった。でもカノコが、あかんぼのころからレバー好きで、喜ぶからよくつくるようになった。むかしはレバーの中のこりこりのが好きだったけど、サラ子が好きだから、今はサラ子にぜんぶやって、自分じゃ食べない。そうしたらレバーも好きになった。

あたしの味覚って、好ききらいって、まったく、あ西さんあ東さんって感じ、いったい、どこから来てどこに行くのか。

レバー

血管の穴があいてるなんて、生きモノを食らってるって感じ、すごくします。血抜きするときは、牛乳たらして、ピンク色になった牛乳を捨てて、ペーパータオルで水気を押さえます。わりと簡単に作れるのはレバーペースト。
❶玉ねぎの薄切りとにんにくのみじん切りをオリーブオイルとかで炒めて、そこにぶつ切りレバーも入れて炒める。
❷表面色づいたら酒をふる。一番のオススメはマルサラ酒。これはポートワインみ

たいな酒なんだけどシェリー酒感覚で料理用に使えます（実はわたしはレバーペーストを作りたいがためにこれを買った）。もちろんワインとかでもいいし、もらいもののウイスキーとか、ウオッカとかバーボンとか、強い酒を入れてもいいんだと思う。

❸酒をちょっと蒸発させてから水をひたひたに入れて、その水気がなくなるぐらいまでレバーに火を通して冷ます。

❹最後、生クリームなど足すんですが、少し重くなるのでわたしはクリームチーズといっしょにフードプロセッサーにかけてつぶしてます。これをパンなどにつけて食べます。

わたしはチキンレバーで作ります。ポークだと少しクセが強いから、血抜きの後に酒につけたらいいと思う。洋酒は味が合わせやすいけど、日本酒を使うなら和と洋の間をつなぐ通訳を与えるみたいな感覚で、最後に味噌をちょびっと入れてみるといいと思う。味噌ってクリームチーズとも相性いいから、なじみやすいんです。

7／12

ひろみ

ねこちゃん

昨日友人からFAXがあって、あたしの人生まちがってるにちがいないから、占いを見てもらえっていうの。ばっかばかしい、そーゆーの。人生は自分の手でつくっていくしかないし、それならどうなったって後悔するもんじゃないとあたしゃ思うの。奔流と激流っすよ、もう。

昨日はダイアンちで、1パウンド99セントのサーモン買ったそうで、大サーモン大会だった。

まず、グラブロックスとかいう、ディルと塩で漬けてある生サーモン。サワークリームと玉ねぎあえの酢づけサーモン（ふつうはニシンでやる料理なんだって）。それから自家製スモークサーモン、あの薄べったいやつじゃなくて、どっかりとベイクトしたみたいにあってほかほかしてるの。ヒッコリーの木で薫煙したそうだ。それから、ギリシャ風のパイ皮で、いため玉ねぎといためキャベツとサーモンをつつんで焼いたの。

エキゾチックな料理ばっかりだった。あたしには生のが一番おいしかった。Bさんはサワークリームのが一番おいしかったっていってた。あと、じゃがいも、ヴィネグレット、わけぎとタラゴン風味、赤メロンのムース、マンゴー。ダイアンが、ひろみのためにわざわざエキゾチックな料理をえらんだといっていた。ありがたい。

今日の朝はハーラー*、すごく高い4ドル99セントのハーラー、迷ったけど、すごくおいしい。チーズ、カッテージチーズ、ジャム。昼はアメリカ製の99セントのソバ、やっぱ日本製のほうがおいしい（でも高い）。できあいのつゆ（これもアメリカ製）で、ざるソバ。Bさんがついに200パウンド（体重だよ）といって暗くなってるから、ローカロリーっぽくしている。

午後、ちょっとドライブって、つい食べ物の買い出しに行って（いつものパターンだな）、ランチマーケット（台湾資本の大きいマーケット）で、豚の心臓、豚のキドニー、ニラ、ちんげん菜、オイスターきのこ、マンゴー、マニラマンゴー、日本きゅうり、豆腐、ざあさい、雪菜という漬物、きむち（ひらがなでかくとすてき）、冷凍のシーフードMIX、らんぷーたんのかんづめ、あぶらげ、糸こんにゃく、そば、大根、紅焼鰻のかんづめ、巨大なバナナ。

黒い草ゼリーという、ドリンクやゼリーのかんづめになってるけど、あれは何なんだろう。泥くさくて食べられたもんじゃなかった。でもカロリーは0。

心臓はニラレバ（レバじゃないね）をつくった。キドニーはキドニーパイにするとBさんがいっている。あと、ごはんときゅうりの浅漬と、大根とあぶらげとねぎのみそ汁。トメは汁かけごはんとそばをむさぼり食っていた。麺は、あたえておくと水芸みたいにひき伸ばして30分でも遊んでいるけど、今日はじめてちるちるちると頬をへっこませて、おそばをすすりこむことができるようになった。

Bさんと一緒に買い物行って、ごはんつくって、っていうの、すっごく楽しい。トメを見て、二人で笑ってるのも、すごく楽しい。

あたしさ、今回から食費はぜんぶあたしが持つようにしたの。食料品を自分の金で買うのってやっぱいいよー。すみずみまで血がかよってるような気がする、買い物行為に。

＊ ユダヤ文化で金曜日に食べるみつあみパン。

7/13　　ひろみ

ねこちゃん

昨日、Bさんは、キドニーのレシピを見て、うん、かんたんだといった。それきりなんか暗黙のうちにいつもどおり、あたしが料理をはじめた。キドニーってへんなもので、なかにすじっぽいとこがあるから、これ切るのときくと、食べたことはあるけど料理したことないから好きにやっていいという。で、そのすじっぽいとこをとって、細切りにしてたんだけど（Bさんはスコッチをのみながら仕事していた、トメはあたしの足元で、そばと格闘していた）動物園のにおいがするんだよね、くさいのなんのって。

で、大量の胡椒をまぶした。冷凍のいため玉ねぎをフライパンにいれて、にんにく炒めてキドニー焼いて、きのこ炒めて、ベイリーフいれて、赤ワインで煮た。その間にもにおいはどんどん強烈になっていくようで、あたりを圧倒しまくるようで、くさすぎて、味見をする気もしなかった。やってる最中に使った器を使うそばから食器洗い機に入れてフタをしてしまわないと、たまんなかった。

このくさみにたいする拒否反応は、チーズや腐れ乳にたいするものに近い。でも、心臓やレバーは、あたしはへいき。食べられる。

サワークリームを混ぜて、パセリをどぱっと入れた。Bさんに塩胡椒してもらった。味見したくなかったからだ。それにペスト風味のベイクトポテトとオニオンだ。トメはおかゆ、大根といんげんとほうれん草と卵入り。サラダは昨日の浅漬だ。ああくさかった。すごくくさかった。フライパンもまないたも流しも、なにもかもくさい。

Bさんはけっこうおいしいといいながら、あたしのお皿のも食べちゃって、残りはあしたランチに食べるといってる。あたしはけっきょくひとくちも食べなかった。まだ手がくさい。

イギリスではキドニーといえば、ラムのだそうだ。キドニーパイにはキドニーだけじゃなくて肉も入ってるそうだ。中国人はどうやって食べるんだろう(買ったのは台湾マーケット)。でもBさんだって納豆食べないしね、いいんだよ食べられないものは食べなくって、と話しながら、こんなに全面的に拒否反応をしめすのが、なんか痛快だった。文化全体を拒否してるような感じで、たまには痛快だった。なんせいつも、なるべくものわかりよく、なるべく未知のものを理解したいと、そうやって生きてるからさ。

7／14

ねこ

ひろみちゃん、こんばんわ。

あたしったらあんまりFAX書いてないよね。

なぜかというに、仕事のしすぎで自分の食事がほんとにおろそかにされているせいです。食事の時間をろくすっぽとれずに料理し続けている、というまずい状況。

でも先週のコロッケの仕事はとても上手にできました。どれも及第点や。たんたんと手をかける料理というのは、長距離走みたいなもので、逆に、手をかけないものを作るほうが体力に関係する気がする。おもいきりや、ひらめきや、なんかがぴーんとたっている状態にしておかないと、ハードルを越えられない。

イモをゆでて皮をむいてつぶして味をつけて調理した具とまぜる。形を作って、小麦粉、溶き卵、パン粉と順につけて、揚げてゆく。いやはや面倒な料理だけど、たんたんとやってゆけば、逆に失敗は少ない。手間をかける分、けっこうなんとかなるのだ。色々な具の組み合わせはこれはセンスの問題なので

（多分この辺にわたしの仕事の需要がある）元気なときに考えてあった。

今日はいろんな種類のおかずを作った。

アルミホイルの上にオーブンペーパーを重ねて、昆布をおき、その上に魚ときのこをのせて包んでトースターで焼く、というのが最近けっこう登場回数の多い料理ですが（今日もやった）、昆布にくっついているところがほんとにうまい。今日は塩と酒をふった生鮭と舞茸の昆布のせ。舞茸がね、ほんとに、うまい。あのさ、昆布って、だしをとるでしょう。うまみがさ、水に溶けてくじゃない。で、舞茸は水に溶けだしたのじゃない直の旨味の上で包んで蒸されるので、昆布の味がしっかりうつるんだよね。もう魚なんか目じゃなくうまいなあって思えた。だいたいわたし、うまいまずいを言うのは人の勝手だと思ってるけど、今日はほんとにしみじみと心からうまいなあって思ったんだよ。

ほかの料理も結構上手にできたと思うんだけど、たとえばさ、茄子と鰆の中国風煮とか、ヒレカツとか、そういうの（コロッケもそうだ）とは違う、別の所に位置づけられるうまさなんだよね。昆布味舞茸って。不思議だ。全く調理技術とは関係ない。東洋人アミノ酸旨味好き系のツボをスッと針の穴くらいの確率の所にキーンと当たったようなうまさのかんじ。ま、よーするに好きってことかしら。

昆布は不思議だ。だしとるよりつくだ煮にするより、なにするより、舞茸を食べることで昆布の味を感じるのであった。

と、ここまで昨日書いて寝た。

キドニーってさ、あの、塩水に漬けといたりするんじゃないの？ ずうっと前、1〜2回料理したことがあるような気がする。豚マメ（豚のだと）と呼ぶやつじゃないの？ 腎臓だよね？ わたしもおしっこくさいと思った。料理の本、今度調べてみるね。

今日も仕事。8日間連続の仕事の最終日で、わたしは倒れた。簡単なものを6コくらい作るだけだったから、引き受けたんだが、途中からもお、およよと集中力がなくなって来て、頭痛が始まり、ちょっと吐きたくなるような感じで、なんとか料理して仕事を終えて、まだ人もいるのに「すまん」と言って寝てしまった。いやーまいったね。多分、わたし普通の人よりたくさん寝ないとダメなんじゃなかろうか。3時くらいから寝たり起きたりして、半日寝た。頭痛のための痛み止めを飲んだので、鼻先にシンナーみたいな臭いがしてふわあーとしてる。またこれから寝るつもり。

今日の朝、ソファとベッドが届いた。新しいの、買ったの。だからベッドでもソファでも寝てみた。ソファで2時間ぐらい昼寝して、ベッドに移って寝た。トメがちるちるとそば食べてる様子を想像して楽しんでる。JからFAX届いた。上の階に住んでるメキシコ人の人たちが、ドラッグを売ってたかなんかで、その人たちよりもさらにあやしい顔の刑事が訪ねてきたと書いてあった。

今日食べたのはちょっとずつの味見と、さっきレンジで作った肉味噌をかけたジャージャー麺みたいなおそば。

今日は、カチャマイというロバのマークのついたペルー製ハーブティー。そば茶とか、どくだみ茶、麦茶、桃とカモミールのブレンド、レモンジンガー（そっちが本場だね）という酸っぱくて赤いお茶、ミントとカモミールのブレンドなど、1日に2種類くらいどしどし冷たくして飲んでる。日本の湿気のある夏です。

ねえ、あのさ、キドニービーンズって、ひろみちゃんのキドニーと関係あるのかしら。色が似てるってことかしら。

昆布

だしをとった後の昆布を捨てられません。そんなわたしみたいな人のためにオススメの煮豚。用意するのは豚のかたまり肉500ｇ（厚みを半分に切る）、出汁をとったあとの昆布40～50ｇ（出汁をとるまえのものなら半分の量）。

フライパンに肉と昆布としょうがの薄切り3～4枚を入れる。砂糖大さじ2、酒、しょうゆ、みりん各1／4カップと水2カップをたして強火にかける。沸騰したらフライパンを傾けてアクをとる。オーブンペーパーなどをかぶせて弱火で15分。ペーパーを持ち上げて肉を裏返し、又ペーパーをかぶせて15分。これで出来上がり。適当な大きさに切って食べます。もちろん、昆布も食べます。残った煮汁は、ちょっと煮詰めてタレに。わたしは昆布が薄目のほうが好きです。

7／15　　ひろみ

ねこちゃん

ひろみちゃんのキドニーっての、やめてくれない？　ありゃ食べもんじゃないと思った。ものすごく閉口した。マメって何？　むかし、もつやきってのか焼き鳥ってのかそういうので食べたことあって、わりとむかしから、ああいう「こりこり」が好きだったの、味もこりこりに紛れて、臓物味しないでしょ、それでおいしいなって覚えてたのよ。

でもキドニーは（腎臓だね、膀胱じゃないよね）ひどいよあれは。むかし、北海道のうんと北の端のなんとかという町のおすしやで、なんだったか、蟹の中身[*1]で、ぴんくのや灰色のやごてごてしたやつ、ああいうのばっかりの食べたことあるけど、あれもひどかった。そのあと釧路の魚市場で蛸の精のうと卵巣[*2]買ってさ、宿屋で茹でてもらって酢じょうゆで食べようと、高橋陸郎さんが言い出してさ、あれもひどかった。ポーランドでも、臓物味のもの、血味のものがだめだったっていうのは、あんまり陳腐で、人にいうのもばからしい。

で、キドニーつくりながら、いっぽうで浅漬の昆布（ねこちゃんのおみやげだから、すっごくいい昆布なんだよね）すーと糸ひいて、それ食べてるのよ。そんでかつおいりこだし（いんすたんとだけどさ）の中で大根とかほうれん草とか煮て、ああいい味だなんて思って、あ、でもあんまり和食だからと思って玉ねぎのバターいための冷凍ちょっとまぜたりして、ごはん煮て、卵でとじて、そういうのトメに、おいしいおいしいと思いながらやってるの。おいしいよこれ、なんて、Bさんに味見させても、うんおいしいとはいってるけど、いったい何をおいしいと思い、おいしいと思ってないのか、他人の、しかも異文化の人のことだから、皆目わからん。

昆布は、おいしいと思ってないかもしれない。チキンスープはおいしいと思っているのだ。そのチキンスープを、あたしは、くさいと思っている。チーズは、たまんなくおいしいと思っているのだが、それを、あたしは一生食べなくたってかまわないと思っている。納豆はくさいと思っているのだが、あたしはとってもおいしいと思っている。でも納豆のような、あんまり有名になりすぎた悪役を悪役として家庭の中で活躍させるのは、なんか、ちんぷだと思ってしまう。昆布のほうが、性格俳優的で、いい悪役になれるかも。きのこもそうだ。

しいたけなんて、めまいがするほど、きつい味きついかおりだと、ときどき思うのに、いつかポールに、ポールのような料理おたくのグルメってどんな味でもまんべんなく理解してるんじゃないかと思っていたのに、そのポールに「シイタケ・マッシュルームは、単純でつまんない味だ」なんていわれた。この味音痴、といってやりたかったが、いえないよ、こりゃ、あたしもラムやフェタ食べないし、お酒ものめないもん。

家庭の中が、二つの味に、隠れたとこで分断されてるね。東洋味と西洋味。酒のみと酒のまず。オーブンの使いかたにもとまどっている。チーズや獣肉と同じように、西洋文化そのものだと思う。時間の感覚と、そのものにたいするつかみかかり方（うまくいえないが……）がひじょうにちがう。うまくかかわりを持つことができてない、まだ。

＊1　ねっとりして生臭かった。

＊2　精のうは細い白いみみずのようなものの塊。ゆでたものを箸でつっついたら、ぶつんとわれて、コイルみたいな細いうねうねが飛び出した。卵巣は白くて丸い。ゆでると中から大量のごはんつぶ様のもの（卵？）がはじけた。味なんか味わう余裕がなかった。

7/16　　　　　　　　　　ねこ

ひろみちゃん

すみませんでした。もう、「ひろみちゃんのキドニー」って、からかうときにしか使わないようにします。

……やっぱり嗜好というのは血かね。育ってきた環境みたいなもんかしらね。でもさ、思い出すに、うちの母親のみそ汁は煮干しだしで、昆布で育ったという記憶、そんなにないんだよね。だいたいはかつおだしかいりこだしだったような気がする。いの一番とか、本だしとか、アジ塩とか、味の素とかもあったと思う。何だろね。昆布が身近になったのは、最近のことのような気がする。

わたし、チキンスープも好き。おでんは、鶏がらだしとかつお昆布だしのMIXが一番うまいと思う。かつお昆布だしだけだと、ジャンク心を満足させられないのだ。ちぇっ、上品ぶんじゃねーよーって気になる気がする（はたしてわたしのだしがまずいのかはわからん）。

でもあと10年くらいしたら鶏がらだしはもういいやってなるかもしれない。

今も、昆布が水に溶けた旨味は、まだよくわかってないかもしれない。昆布にひっついていたきのこをうまいと思ったってだけかもしれないしねえ。果たして、わからなくちゃならんものかどうかもわからない。いろんなものをうまいと思ってる人がいて、ばらばらのがけっこう楽しいかもしれないしね。

ああ、この人は、こーゆーものが好きなのねって確認してゆく日常って、だって、ちょっと愛じゃない。異文化と接触するのって、それも食というところで日常的に接するのは、ちょっと疲れるところもあるかもしれないけど、やっぱりちょっと愛の確認みたいなところもなあい？

日本人同士だって、一人ずつ、きっと味覚違うしなあ。ウィリー*はしいたけ、お代わりするほど好きだったよ。干ししいたけも自分で作ってた。薄切りにして、針に糸通して、一切れ一切れ縫うようにして糸に通して干してた。スエーデンのきのこはみんなデカかったからそうするものだったらしい。森の中で、いろんな種類のきのこを一緒に探した。絵本に出てくるような、毒のある、きれいな赤に白い点々のきのこや、人の顔くらいもある大きな形のきのこをとった。オーブンのこと、書きたいけど、あたしもう寝なくっちゃ。

＊ 自転車の前輪あげ乗りのことではありません。ねこの昔の恋人。スエーデン人。

7／20　　ひろみ

ねこちゃん
寝られた？

あれからうつわに（カリフォルニアのまずい）水をいれて昆布をひたしておいたよ。直後にもう味がついてる。しばらくしてのんだら美味であった。Bさんにもすすめたけど、いい、いらない、ということで、昆布なんて何も味がしないといっていた、やっぱり。

その美味は、ねむたくなるような美味。「ねむたくなるような」って、エアロビクスでやりすぎてきつくなって、ああ限界かもっていうとき感じる。すっごい塩っぱいものをドカ食いしたときにも感じる。

昨日は丸キャベツにいため玉ねぎをいっぱいつめこんで鍋に入れて、鶏のモモを数本と、パセリとタラゴンを入れて、とろとろ煮こんだやつ。あとマッシュポテト。朝鮮人参の鶏の丸煮みたいな、色あいであった。どこの文化にもありそうな、ソウルフードの味がするといって、Bさんはがつがつ食べた。「どこのヨーロッパ文化」であって、あたしからしたらじゅうぶんエキゾチックだったから、サラダのかわりに、大根をおかかとライムの三杯酢であえたの出した。

……ってのを書きかけていたっけが、このごろ一葉の翻訳[*1]がとつぜんずんずんと進みだして、ずんずんひっぱられていく感じで、あたしの手と頭がおっつかないくらいで、毎日、息をもつーがーず仕事に精だすむーらのしじん、てな感じで仕事してた。こういうときってていいよお。頭の中はことばしかないのよ、ああ、食べ物はあるけどさ。昨日、ジェリーたちとミロシたちを呼んで「タチウオ」を食べる会であった。台湾マーケットにタチウオがあって（ベルト・フィッシュ、帯魚と書いてあった）、前から、ジェリーとダイアンが、あれは何だ、どんな味だと興味しんしんだったので。

で、まずオードブルに、ぴーたんと緑豆のもやし（きれいな幼い植物って感じのもの）。干しいたけとマッシュルームの甘辛煮。茶そば。これ、Bさんがオードブルはそばにしようって言い出して、あたしはけっ外人なんて思ってつくらないつもりでいたんだけど、そういう日本趣味大きらいなんだよね、でも昨日暑くって、ああおそば食べたいなと急に思ったのでした。

それから、タチウオとスズキと鯛（レッド・スナッパー）とエビのグリル。塩胡椒レモンとバジルだけ。しょうがとにんにくとねぎをいためてズッキーニと赤ピーマン緑ピーマンとレーズンをいれてチキンスープいれてその中にクスクス[*2]入れて、またたくさんの生の刻んだねぎをほうりこんだやつ。みんなお箸で、タチウオじょうずに食べていた。お箸でクスクスまで食べるんだ。（ばっかじゃねーのなんて思いながら）あたしだけフォークでクスクス食べてたら、ひろみがフォーク使ってるんだからわれわれも使おうとみんながフォーク使いはじめた。

デザートはマンゴーとランブータンのかんづめとアッタップとかいう、なんかへんなの。これも台湾マーケットで買ってきた。スナッパーは、ローカルの魚で、いつも安い。辞書で見たら、フエダイって。前はもそもそしておいしくないと思っていたが、鯛だと思うとむやみとありがたくなって、このごろよく食べる。女中か女房かおかみさんかおさんどんみたいに、くるくるたち働いているあたしです。

＊1　『現代語訳　樋口一葉　にごりえ』（河出書房新社）

＊2　アフリカ料理の代表的な主食。粉末小麦を蒸して乾燥させたもので、そのまま食べるというより煮込みなどと一緒に食べるかんじ。ポロポロしている。

5

クスクス、いも、ときどき米

8/1～9/9

ひろみ　カリフォルニア
ねこ　東京

8／1　　　　　　　　　　　　ねこ

ひろみちゃん　元気ですか？

8月になりましたね。a first day of August でありましたな。夏休みをそちらで過ごすカノコ、サラ子が着いて、盛り上がっておるのでありましょう。二人とも元気ですか？　楽しくお暮らしでありましょうか？

東京は暑いです。でもカゴの鳥のわたしはあんまり暑さをタンノウせずにクーラーの部屋のオーブンの前で立ち働いております。それでも、先週の金土日、富士山のふもとの森の中へキャンプに行きました。メンバーは手下の女の人チーム。〝勝手にキャンプ大会〟という「旅行人」というミニコミ紙のイベントであります。みんな勝手に行って、勝手にキャンプで泊まるとゆうだけで、まあ夜に花火をやるくらいで、あとはだらだらしてる。それでも森の中のキャンプ場は良くて、外にいる、樹の下で眠るというだけで、けっこうほどけるのでした。

キャンプごはんはね、初日は牛肉のトマトシチューとクスクス。牛のスネ肉は赤ワインにつけ込んでから圧力鍋で煮て持っていって、そこにトマト缶2つと玉ねぎや人参やキャベツやズッキーニやピーマンなどの大量の野菜を放り込んで煮た。クスクスはフライパンで火を通した。それとサラダ。発泡のワインをあけて、ビールを飲んだ。うまかった。

次の日の朝は、パンとコーヒーで軽く腹ごしらえしてから、ご飯炊いた。シュラフにくるまりながら、明け方からご飯炊こう、ご飯食べようと思いつめていたのだ。みんなも、白めし食べようと言った。それで、ご飯炊いて、かぼちゃといんげんの炒め煮と、オイルサーディンをあったためてしょうゆかけたのとかで食べた。それから遊びに行って、お昼にはタコス食べた。豆と肉の煮込みの缶詰あたためて、レタスとアボカド切って、トマトとクレソン(これはそこの近所の無人売店で買った。とても新鮮だった)と、ソーセージの焼いたので、ビールも飲んだ。

そのまんまワインも飲んだりして(酒飲みの人が一人やってきたので酒の量が増えた)昼寝して、夜は残ってたクスクスとソーセージと玉ねぎとトマトとひよこ豆を炒めたのとたこの炊き込みご飯だった。たこの炊き込みご飯は仕事でもやって、キャンプに来たら作るぞと思っていた、お気に入りめしだ。うまかった。

次の日の朝は、早く起き出した人たちが朝からたこめしの残りを食べていて(わたしははずれた)、そのあと、焼きビーフンを作った。調味料がなにもなくなり、となりのテントのアフリカ帰りのにーさんからナンプラー[*1]を借りた。ビーフンをおすそ分けしたら、そののちにーさんたちはチャイとウガリ[*2](アフリカのとうもろこし粉を練った、のり粥みたいなもの)をくれた。とまあ、外で食べればうまいもんだね、という暮らしのメモじゃった。

でね、そのとき本を売ってる出店が出てて、3冊買ったんだけどね、その中に『戦場へのパスポート』という本があってね、それを書いた男の人に本にサインしてもらったのね。「猫さんへ」というのもついてんのね。その人がニカラグアかどっかのジャングルでゲリラ兵と一緒にうつってる写真もくれた(みんなにくれてた)。今読んでるんだけどさあ、おもしろいんだよ。しおり代わりにその写真はさんでるんだけどさ、一番身近にしょっちゅうその男の人の写真、それも寝る前にその人の書いた文章読んで、よし寝ようと思ってしおりがわりに写真挟もうとして、見たりするでしょ。ちょっと、なんだかちょっと変なかんじ。だって、ここ何日か、その人の写真見ながら寝てんだよ。で、男の人は戦場にいるんだよ。

その人は、本によると、とにかく軍人になりたい、それがかなわぬならせめて戦地に行きたいと思ってフランス行って、外人部隊に入ろうとするんだけど、視力が足りなくて落ちて、そのあとは軍事ジャーナリストというのになって、戦争のあるところに行くことにしたらしい。ピストルの音とか爆弾の音の聞き分け方とかが詳しく書いてある。「シュー」が「ヒュー」になると砲弾は近くて100m以内だとか、ロケットランチャーがなんとかだと「ジャラジャラジャラ」だとか、そんなふうなこと。「ヒュー」が「ブオー」に変わると着弾は30m以内だとか、そんなこと。はあー。まるで知らん世界に住む人がおるものだ。

ニカラグアでは豆の煮たのとご飯という食事を繰り返してたり、チェチェンでは缶詰肉と缶詰の野菜の炒めたのとかでけっこううまいとかも書いてある。しかし戦争に行きたいなんて、想像してみたこともなかった。だからびっくりした。

まあそんなこんなで、現実のわたしは豆のスープの作り方とか、お誕生日のバナナケーキの作り方とかを考えて毎日を送っています。

＊1　ニョクマムという名前で呼ばれることもある、小魚を発酵させたしょうゆ。中国や東南アジアでは必須調味料。日本ではしょっつるという名前の同様のものがある。少し生臭いから、そのまま食べるとき、わたしはだいたいレモンと組み合わせてる。

＊2　ミルクティー。トルコでは、ストレートティーもチャイと呼ぶ。作り方は簡単。水にスパイスぶちこんで（カルダモンとかクローブ、シナモンを好みで）煮出したら、紅茶の葉っぱ入れて煮出して、牛乳を足す。

8／7　　ひろみ

ねこちゃん

忘れてしまうからここ数日のメニューだけ、書いておこう……と書きつけたのはもう数日前のことだ。とうふにピータンの刻んだのとしょうが、たれは甘じょうゆごま油。ますの焼いたの、バジルレモン味。浅漬きゅうり。チキンのモモ、しょうがいっぱいすりおろして、ごま油多めにしょうゆみりん味、さっといためたわけぎをうんとたくさん、それをぶつ切りロメインレタスの上にかけて、サラダ風。クスクス。

きのこMIX、しいたけ、チキンのさいのめ、たけのこの細切りを濃い目の味つけ（チキンスープオイスターソースしょうゆみりん）バシュマティ米をその汁とチキンスープで炊いて、具を混ぜこんだの。スナッパー（鯛もどきの魚）の南蛮漬。タブーリ。

あたしは一葉の翻訳。でもなかなか、コレ、っていうコトバに出会わない。出会いって、ほんとに、まったく。そうこうしてるうちに子どもたちが来たの。

二人だけで、ロサンジェルスまで。空港で、二人を見たとき、思わずぶわっと涙が出た。母を訪ねて三千里。

で、その興奮がさめてみたら、次女サラ子が、荒れはてていた。

もともと変なやつだった。でもサラ子は、いつもあたしの焼酎の玉だった（カノコは梅酒の玉ってか）、あかんぼのころから、あたしがサラ子を置いて出るたびにパニクッていたけど、あたしは、しょうがないと思っていた。離婚やその後の例の男とのなりふりかまわぬ恋愛沙汰、あちこちほっつき歩いていたようなとき、5歳から7歳くらいだった。あたしがわけもなく泣いたりいなくなったりしてたから、傷ついててもおかしくないし、あーあ、取り返しっていうものはつかないのかなーと考えている。形状記憶合金。ああいうものならいいのにね、人間のココロ。

Aさんが家族から離れていくことで（以下3行解読は不可能）……でもそうじゃなかったからつらかった。

今回あたしと離れていた時期に送ってよこしたFAXが、ほんとにおもしろくなっていて、なんか気になってAさんに聞いても、なんともない、元気にやってるというだけでさ。でもずっと気になってたの。

本人を見たら、退屈した、疲れた、ぼーっとした、生気のない子どもになっちゃってるってことが、日に、日に、感じられて、あたしは悩んだね。好きそうなことやおもしろそうなことに誘ってみても、ちっとものってこない。新しい食べ物はなんでも食べてみたい子だったのに、今年は、いらない、っていうし。自分の子どもってさ、ねえ、すごく大切な何かだったんだよ、男の存在なんてふっとんじゃうくらい大切なものだったんだよ。あたしのせいだ。あたしが、この子をこういうふうにしちゃったんだああああああああああああああと悩んだけどね、悩んでてもしょうがないでしょ、やることやらなきゃ、で、必死ですよあたしゃ、善後策に奔走してます。

それで、Bさんがサラ子にべたべたしてるの。ハグ（ぎゅっとだきしめ）したり、カドル（ふわりとだきしめ）したり。用事をいいつけたり。手伝わせたり。抱っこだね、こう、つつみこんで抱っこ。ほらこっちの文化はべたべたさわるじゃない。サラ子はもともとBさんになついていたから、まんざらじゃなく、抱っこされている。

なさけない。自分が。子どもは悩んでいてふしあわせでも、それを表現しない。気のせいじゃないかと思う？　思いたいと思うけど、気のせいじゃないと思う。

思春期の変化のせいでもないと思う（ちょうど離れていた間に、サラ子の、右のおっぱいの先が、蚊にくわれたみたいにぽつりとふくらんでいた）。日本にいるときは気がつかなかった。学校もあるし、宿題だピアノだってやることに紛れてて。それでもサラ子は、カリフォルニアに来るっていってる。あたしにしてみたらそれがふしぎ、来ない方がいいかも、長女カノコほど父親に反発してないし。

あたしなんて、徒手空拳の無為無能だ。ただ見ているしかないの。むやみに手だしも手助けもできないの。サラ子が自力でなおっていくのを待ってるしかないのよ、基本的には。それならサラ子の変化に気がついてないAさんにあずけて、あたしみたいなのにやいのやいのいわれたり心配されたりしないほうがサラ子にとって楽かもと考える。でもたぶんそういう方法はとらない。

グリーンカード*のことも奔走しているけど、むずかしい、どこの国も移民にはけつのあながせまい、まあ、あたりまえか。前途は多難だ。あーあ。子どもを落ちつかせたい。トメはなにも考えずにはいずりまわっている。トメは、子どもたちが来た直後、少しパニクっていた。あたしを取られちゃうと思ったのか、あたしにばかり抱かれたがった。少し落ちついた。今はカノコにも抱かれ、サラ子とも遊ぶ。子どもを落ちつかせたい。

＊　永住ビザ。これがないと、おちおち住んでいられないのだった。

クスクスとタブーリ

くすくす、これじゃ笑ってるみたいですが。

クスクスっていうのは北アフリカの食べ物で、さらさらした小さな粒粒で、鍋にお湯をわかして火をとめてさっと入れてかきまぜてフタして5分待つという、インスタントなものです。ぽろぽろしている。ぽそぽそもしている。だから汁気の多いものと食べる。はじめは違和感ばっかりありました。おコメに似て非なるものは、いつも強い違和感がある。クスクスは穀物と思ってたんですが、粉末小麦をふやかして粉にして成形したものだということで、インスタントなのもそれでわかります。クスクスによく似ているのがタブーリ。シリアの食べ物なので、同じ地中海沿岸っていうことになりましょう。砕いた小麦（クスクスみたいな小粒）に大量のパセリ、ミントその他、ねぎ、トマト、きゅうりをぶちこんで、レモンとオリーブ油で漬けこんだサラダの一種です。おいしいんですが、違和感、というか、落ちつかない感じがいつもつきまとう。おコメに似て非なるものでしょ、たくさん入っている強い青み、パセリ、ミント、ねぎなどというハーブ類は、宗教的にも（え？）あたしの持ってる文化に反してる気がして。で、あたしはどうするか。ついタブーリにもクスクスにもしょうゆをかけてしまうわけです。そうすると、おさまりがつく。

8/10　　ねこ

ひろみちゃん

FAXもらったとき……昨日だけど……仕事していた。でも中断して読んで、わたし、ちょっと泣きそーになった。サラ子のこと。でもさ、考えてみりゃ、サラ子もわたしたち同様、これからずうっと生きてかなくちゃなんないわけだし、わたしたちもこれまでの人生ずうっとおもろいやつ、元気のある時期ばっかりだったわけじゃなし、大丈夫だと思うんだ。

なんだか、中世があってルネッサンスと平凡なこと思い出した。やっぱりわたしにとってだって、ちょっと手も足も出ないところあるもの、カリフォルニア。自分のテリトリーじゃないから。ほら、自分のふだんひきずってるものないでしょ。それに一人で外を出歩けないでしょ。車の運転できないわたしは、3歳児みたいな気になるもの。サラ子は、やっぱりそれに少し回復期のところもあるんじゃない、そういうときって、ぼおっとするもの。でもBさんが愛したり、ほとんど草葉のカゲのようなこんな遠くからも、手も足も出せぬまま心配してるオバハンがいたりするんだから大丈夫だよ。わたしのこういうの、当たります。カン働くのね、わたし。

……と書いて、もおずいぶんたった。

そちらはいかがか？

わたしは今ものすごく落ちつかない。なぜって明日から1週間夏休みだからだ。うわあーい。ほんっとうれしい。もお、なにしようか考えるだけで気持ちが忙しい。片づけするでしょ、そーじするでしょ、もお、部屋なんかめちゃめちゃにすっきりしちゃう予定だし（でも昼寝もしちゃう）、本も山積み読みたいやつあるし、なんかわからないけど前向きな勉強も始めるし、洋服だって買いに行くし、ダイエットだってしちゃう。もうすんごい忙しい気持ち。たのしーなー。

というわけで、楽しい気持ちを伝えたい。あんまりおちつかないからワインを飲みだしてみた。このところ夏風邪を引いてぼろぼろになった。おかまの人みたいな声になって悪寒がして、投げやりな気持ちで仕事して、いけないいけないとふんばって、よくよく寝て、風邪がおちついてからは、ちょっと病気というのが少しおもしろかったりしてた。

今日、新聞で玉ねぎどんぶりというのをみた。玉ねぎを切って、ヘット（牛脂）で炒めて、砂糖としょうゆで弱火でゆっくり煮て、焼きのりと一緒にごはんにのっけるというやつだ。男の料理人の料理。ノート、という最後のメモに、「玉ねぎを煮るとき、しょうゆ以外の水分はいっさい加えない。玉ねぎから出る水分だけで煮たほうが玉ねぎの甘みが引き立つ」とある。ふーん、そうなのかしら。

今度、その人と鍋のページを半分ずつ一緒にやる。ちょっとプレッシャーだ。和食の、いい料理人なのだと思う。わたし、おろおろと「鍋なんて思いつけないっ」と思ってる。まっ、なんとかなるであろう。

プロの料理人、日々同じ料理を積み重ね励んでる人、やっぱりすげーよなー、困ったなー、わたし、っておもーの。わたしは都合の良いときだけプロだもーん。って思うんだもの。

しかし、夏休みだっ。わたしの休みだっ！

楽カンこそが特権だ。ゆっくりするから、またFAX書く。ごはんちゃんとメモする。

SEE YOU なのじゃ。

おーい
カノコサラ子トメー
げんきかあっ。
ねこは元気で今日も昼寝しました。暑いです。
暑いのはうれしい。なぜかといえば、昼寝にぴったりだからね。
明日になったらひろみちゃんにもFAX書く。で、明日月曜日に子どものパンの本そっちに送る。しばしまたれい。
今は夜中の3:45。またも寝るところ。おやすみっ。

ねこより

8/10

ひろみ

ねこちゃん

FAXがね、うれしかったのよ。

ねこちゃんのFAXをみて、子どもたちがねこちゃんにFAXするといって、買いたてのあたしのコンピュータでなにか書いてた。そしたら5分に1回それはフリーズしちゃって、電源をひき抜くしかあたしは知らなくて、まだ書きおわってないみたい。数日間格闘してたけど、けっきょく手で書いてた。それはいつか送ることができると思う。

夏休みどうしてる？　あたしたちは毎日忙しい。トメを保育ママさんとこに送り出して仕事して（勉強して）トメを迎えに行ってお昼食べてビーチ行ってごはんつくって食べてBさんと遊んでおふろ入って寝るってのが基本パターンだけど、あちこちに買い物に行ったり、植物を植えたり、勉強部屋をつくったり、水泳教室に通ったり、ジェリーたちをごはんによんだりよばれたり……。Bさんはよくやってくれてる。サラ子の表情が、あかるくなってきたと思う。

Bさんにべたべたしている。カノコによると「あの人も英語がわかってることを知らせたくて、わかってるときはいちいち日本語に通訳してみてる」そうだ。毎晩寝る前に、カノコが2階にあがってきて、あたしがトメを寝かせているそばで、15分くらいうずくまって、なにかしゃべる。しゃべりたがる。たわいもないこと。それがひどく楽しいらしい。サラ子は来ないの。カノコだけ。あたしもカノコとたわいもないことをしゃべるのが楽しい。

今ね、真夜中なの、何時かわからない。

Bさんと一緒に寝てると、寝られないときもきゅうくつなの。からだがかゆくても身動きできないし、自由自在にあかりつけたりもしにくいし。それでそーっと仕事部屋に来たところ。

長い間、あの家のあの部屋で、あかりつけっぱなし、CDかけっぱなしで寝る一人寝ぐらしにすっかり慣れてしまったあたしです。

どっちがいいのかわかんないね。さつばつとしていたからね、長い間、あたしは、あそこで、ひとりで。本を、時間なんかちっとも気にしないで何時までもかまわないで、寝入る寸前まで読んでいて、ばたっとそのまま落っことして寝た、好きなかっこうで寝た。CDはいつもかけっぱなしだったから寝ててもなんとなく音楽が聞こえてた。

カノコが、寝る前にあたしに話に来るカノコが、このごろしきりに、昔の話をする。それですっかり忘れていたようなことを、入院していたこととか、憑かれたみたいにほっつき回っていたこととか、あのころの、夜や、昼の、部屋の状態なんかを思い出す……。

今日はジェリーのとこで「アメリカ式クックアウト」*で、バーベキュー用のこんろに火をおこして、ソーセージとひき牛肉のかたまり（肉食のダイアンは、それを手でこねっと丸めて、ぽいっとグリルの上に置いた。とうぜん焼き上がりも中は生だ。あたしの知ってるハンバーグ、玉ねぎやパン粉や卵をいれてこねあげるあれではまったくないのだった）を焼いて、ホットドッグとハンバーガー、甘いピクルスの刻んだの、レタス、玉ねぎの輪切り、トマトの輪切りを、ばんばんはさんでいくから、こーんな太ったホットドッグやハンバーガーになった。ぐわわっと楳図《うめず》かずおみたいに口をあけて食べた。それから、ネイビイビーンズ（肉なしポークビーンズみたいなやつ）、マカロニサラダ。飲み物はだんぜんビール。Bさんが、アメリカのビールなんか飲めたもんじゃないといって、イギリスでいちばんおいしいビールだといって、サミュエル・スミスという銘柄の、薄赤茶色のすごくおいしいのを買ってきた。

朝は、あたしが眠りこけていたので、眠らせておいてくれた。三人でイングリッシュマフィン、オーブンでまっ黒こげにして、べつのパンを焼いてまたまっ黒にして、まっ黒こげのおこげを落として食べてた。

明日からカノコとサラ子は、YMCAのキャンプに行くのだ。おべんとうに、サンドイッチとマフィンとりんごを持ってくといってる。サンドイッチに、二人の好きなポーリッシュソーセージの冷えたのをはさんでやる。一葉は、ほぼ完成まぢか。

夏休み、ゆっくりね。……あれ、今、Bさんも寝られないといって起きてきた。ちっ、これだから。

＊　アウト（外）でクック（料理）して食うこと。アメリカの地図を見ると、ちょっと人里離れたあたりにたくさん「神社マーク」がある。神社が多いんだなーと最初は思ったが、もちろんそんなわきゃないので、それはクックアウトできるピクニック場だった。

8/11　ねこ

ひろみちゃん
お休み前日はうれしくてうれしくて暮れたー、部屋中片づけの名目でとっちらかして、雑誌を山と捨て、洋服ダンスから服を引っぱり出し、古い服を着たり脱いだりし、それからベッドで朝の5:30まで本読んだ。今日の朝も、なんだかにまあっとほおがゆるむみたいな調子で、ソファにねっころがって朝刊を読んだ。
　そのあとシャワーをあびて、マニキュアをつけ、服を着て、タクシーに乗って、ご飯(フレンチのコース)を食べに行った。これは仕事がらみ。
　帆立のソテーの上に5㎜角くらいのズッキーニや野菜、ながい細いいんげんとアスパラ、トマト(うまし)とブラックオリーブののった前菜、コンソメスープ(コンソメはビーフコンソメであったが、やっぱりかつお昆布すましのが勝つとわたしは思った。肉とゼラチン質の味がする。チキンブロスのがまだすきかもしらん。まずくはないんだけど、好みの問題だ、おそらく)、オマール海老のクリーム和えみたいのを殻の中につめなおしたやつ、牛フィレのフランスきのこのせポワレ、ピュレポテト、セロリアック添え、デザート（アイスクリーム&フルーツ）、メロン、コーヒー。いかにも結婚式に出てきそうな料理を調査する目的。

こういうごはんも、一緒にいる人が好きな奴なら楽しめるようになった。一緒に行ったのは、ショートカットの髪の毛をオレンジとブルーに染め分けている会社員である。なんといっても髪の毛がカッコイイ。料理に関しての知識は似たようなもんだし、えらそーにしてないとこがいい。ケケケッと笑いながら、でもまじめに食するようなやつだ。

男からFAX来た。めちゃめちゃに久しぶりだ。あさってからタイ、ビルマへ直行して、日本には10月までこないそうである。あらまあそーですか、と思った。QからもTELあって、明日一緒に映画に行く。サラ子が元気になりつつあるそうで、ホッとしている。よかったよかった。

8/18　　ひろみ

ねこちゃん愛してるわ

本がついた。ありがとう。表紙のねこちゃん、ひじょーにかわいい。びじんだぜっ、いえい。子どもたちが夢中で読んでいる。旅行から帰ってきたら、なんかつくろうといっている。緑のかえるパンは、Qくんがモデルかね？　似てるよ。あのかえるパン、前に雑誌で見たときからすっごく惚れちゃって、一回つくってみたいと思ってたんだ。

このごろちょーいそがしい。毎夜、寝る前に子どもらがトメを寝かしつけてるあたしのところにきて、夜な夜な、Aさんのことなんかを話す。いいことじゃない？　そりゃ悪口なんだけどさ、でも悪口っていうより、いうべきこと、いわなくちゃいけないことって感じの悪口だと思うのよ。（このあと五行判読不能）でも子どもなりに深刻な部分もありそうで。そしてそれは、あたしが感じてることとあまりちがわないってことは、あたしのせいでそう考えるようになっちゃったのか、これが本来のまっとうな感じ方なのか、あたしの気持ちを感じとってあの子たちがこびてるのか……いろいろと考えちゃって（このあと3行欠落）。

Aさんってああいう人じゃん、子どもはすごくかわいがってきたし、かかわってきたし、冷酷なじゃけんな人じゃぜんぜんないし、思慮の浅いバカでもない。それはわかってるんだけど、わかってるから、よけいわけがわかんない。おーまいでぃあ、おーまいがーし、くらいしかいえない。Aさんの悪口いうのが、あたしにとっても痛みつつ気持ちいい、略して、いたぎもちいいってやつかも。

毎日すごく大量のごはんをつくる。

サラ子が日本のコメとみそ汁を食べたがる。あたしはそうじゃないほうがつくってて楽しい。階段を登ったり降りたりするように、このごろ料理をしていた。

このあいだ外食しようというとき、何を食べたいと聞いたら、メキシコ料理といった。で、連れていった。ユカタン地方のメキシコ料理屋、といってもこのへんのだからだいぶアメリカナイズはされてるはずだけど。あたしはこのごろレッドスナッパー（鯛もどき）をすごくおいしいと思っていて、ローカルな魚だから、その料理が何種類もある。あたしは、揚げた魚にすっぱい緑のソースをかけたやつを食べた。おもしろかった、すごく。サラ子とBさんは海老のファヒータだ。こりゃおもしろくない。ただの鉄板焼だもん。味の想像は容易につく。カノコのは、なにかのモレで牛肉を煮たやつ。これもおもしろいがあたしのほどではない。モレってじゅうぶん異文化っぽいけど、なんかなつかしい……味噌に似てるからかも。味の構造がちっとも見えてこないで、何を食べてるのかさっぱりわかんない、とりあえず料理で、食べものではあるということの経験。この感覚。緑のソースはトマティーヨだって（Bさんに聞いた）。スーパーで見るけど使ったことなかった。ホオズキ*かと思ってたから。トマトの一種なんだそうだ。ふ――――ん、コロンブスが、コルテスが、と感心しちゃったよ。

　明日からグランドキャニヨンに行く。週末には帰る。暑いだろうし混んでるだろうしトメ連れだと思うとぞーっとするけど、決行だ。まだ写真でさえグランドキャニヨンを見たことのないやつらに、そこがどんなものか、想像もしないうちに、ば――んと見せて、どっひゃーと思わせたかった。

　だから冷蔵庫の中をからっぽにしている。なんにもなくなった。

ねこちゃんの休日はどうだった？　たくさん寝た？

……読みかえしたら、うう、ごめんね、なんか今子どもらのことが頭から離れなくてさ、ずっと好き勝手にやってきたのにさ、今はまず、とにかく、子どもたちのケアを優先したくて、どうも、いけないね。今だけだとは思うけどね。

＊トマティーヨには関係ないが、トマトは（ポテトも、バニラも、チョコレートも……）「新大陸発見」後にヨーロッパに紹介された食べ物。このごろそれをいつも思い出すので、ここでもつい。

モレ

前にねこちゃんと国境を越えて、ティワナの町に遊びに行ったことがあった。市場で、路上で、ねこちゃんはプロの根性、買い食いに狂奔していた。つぎからつぎへと、買っては食い、買っては食い、いないなーと思うとかならずどこかで何か食っているのである。市場の奥にモレ屋さんがあって、昔の日本のお味噌屋さんみたいに、たるがいくつも並んでいて、モレが、お味噌みたいに盛り上げられてあった。チョコレートや各種ナッツのペーストとチリが基本の、ほんとに色も形態もお味噌である（味はちがう）。ねこちゃんは何種類も買いまくった。

8/19

ねこ

ひろみちゃん、わちしだって愛してるぜいっ。

あのさ、やっぱりすごくいいと思う。なんかいいと思う。子どもたちをケアするの。で、そのことでひろみちゃんもそのAさんとのゴタゴタから、ちゆ、されるんだ、きっと。涙もろいおばさんは涙でそーになる。どっかうんと遠いほうで、ちっちっちっちってくちばし合わせる小鳥か小さな指先に胡桃か何か抱えてかじかじかじってかじるリスかなんかのげっ歯類みたいに三人がお互いに向き合って輪になって小さなたくさんのほころびをつくろっているんだな、あーいーな、と思う。

やっぱり話ができるようになるって、治ってきてる証拠だと思う。または治ろうとする力が、からだの中から異物を押し出してるんだと思う。だから、それはやっぱり異物だから、悪口が出てくるほうがいいんだよ。汚いものを出そうとしてるんだからさ、きっと。で、そのあとで、いいも悪いも含めて、そーだったときがあった、の記憶として、ひょーはくされて残るんじゃないのかしらね。なんつったって、悪口は女の楽しみ、おーよーにかまえて出せるだけ出しちまったがいいわ。だって、今ならそれは誰の迷惑にもならないから言えるって子どもらだってどっかわかってるわけでしょう。だからキット出てくるんでしょう。

人間はぐにゃぐにゃ袋だから、どっかがなんかで閉まってるときはぽこりって違う形が急に出てきたりするんじゃないのかしらね。ひろみちゃんが調子悪かった頃や、好き勝手飛び回りだったころはAさんがケアしてたのかもしれないし、今はAさんのでっぱりが変な形にかたまっちゃってんのかもしれない。でもきっとその中になんかAさんの核みたいなものを見つけちゃって、イヤになるのかもしれないよねえ。イヤな時って、もっとけっこう深いかもしれないしねえ。まあわたしもよくわからん。が、まあそのうち落ちついて、よくなったりまた新たな問題が出たりするのぢゃろー。

グランドキャニヨン行きは、ほっんとすてきっ。すごくいいね。もお、ぱっかーんってゆーの、いーよ、すごく。

わたしの休日はやっぱりあっという間だった。きのうから、レシピを書き続けてる。夏休みの最終日っていうかんじ。400字詰めで100枚くらい書いた。頭の中でチッチッって時計の針が動く。おまけに23日にテレビ番組の収録があるので、少しプレッシャーになってる。休みの間にQと2回会った。神宮の花火を一緒に見にいった。花火って本当にきれいだ。見てるだけで脳からアドレナリンかエンドルフィンかなんかしらんが、飛び出してきて、ハイになる。わたしの中の山下清の血が騒ぐ。

騒ぎまくって声にならないまま、うっとりしてしまう。来年からはことあるごとに花火を見に行くと決めた。

で、花火を見た帰り、ベトナム料理屋でごはんを食べていると、いろんな話のあとのほうで「今ちょっとつき合ってる人がいる」とか言うんだよ。もーなんでかなあ。2回とも誘われて出かけた。そう言うために誘ったのかなあ。そういうこと、どうしてわざわざ別れたわたしに言うかなあ、全く保護者かなんかと誤解してんじゃないのかと思ったら、不機嫌になった。あったまくんなあと思ったり、落ちつかなくなったりした。

わたしはわたしで、2、3日前にJに電話で、わかってんの？ タイかビルマでスケジュールが決まったら、わたしも遊びに行くから知らせてよって言ったくせに。自分だって、と思うけど、あったまくんなーってなってるときは自分のことは高い高い棚の、次元の違うところにある。わたしは聞かれたことにしか答えないもーん。でもまあ、なんだかフガイない男たちのせいで、わたしがちょこちょことけなげに積み上げた、ひとりでもなんだか大丈夫の幸せにひび入ったような気がしてる。もの哀しい。

神宮からの帰り、タクシーに乗ったら、運転手の人が、お客さん、いい声してるねえって言うのよ。だんなさんも自慢でしょーって言うから、どお対処しようか迷ったんだが、夫は仕事大事でほとんど会いません、と答えてみた。そんなことないよ、奥さんが大事だから仕事してんのよ、自慢に思ってるよ、仕事よりそりゃ奥さんが大事よ、というのだった。わたしは、そーなんだよ、ちょっとくらいなら人からほめてだってもらえるくらいなのに、どの男からもほっとかれてんの、と思って溝に落ちるみたいにみじめになった。くやしかったから帰ってきてからなんか食べて、おなかいっぱいにして寝た。余波で、昨日今日、きゅうっとすぼまるみたいな気持ち。だから玄米炊いて、切り干し大根煮た。モロヘイヤも葉と柔らかな茎をつんでゆでた。削りがつおと酢じょうゆかけて食べた。

モロヘイヤはスープもおいしいけれど、玄米ご飯にのせて酢じょうゆかけるのがいいんだ。酢が大事だ。しょうゆだけじゃ駄目なの。

休みはねえ、1日は親が遊びに来て、スパゲティを作った。2日目は〝シクロ〟というベトナムでとった映画を見に行って、帰りに安い飲み屋でちょっと飲んだ。味噌味のスープの中に豆腐と野菜の入ったやつとかに玉と水餃子食べた。

3日目はえみちゃんという幼なじみとデパートへ行って買い物した。タイレストランでバイキング式のランチ、食べた。夜、飲み屋さんで飲んだ。冷や奴や、生湯葉の刺身仕立てや、キャベツに辛味噌つけて食べるのや、焼き鳥やもずく酢やそーゆーもん。

4日目は遅い朝、泊まっていたえみちゃんと茄子のてんぷらと春菊のかき揚げ、大根下ろし、山芋のとろろ、ねぎ、みょうが、みつばの薬味で冷たい細うどんを食べた。そののち途中でいなりずしとかんぴょう巻の折り詰めと缶のお茶2本を買って、上野動物園へ行った。とらとゴリラを見た（閉園30分前だった）。とらはとらの森という樹や草をたくさん植えて滝と小川も作ってある庭のような場所が新しくできていて、なかなか快適そうだった。とらもゴリラも、やっぱり感動するね。でかい。すごい。ちがう。やっぱりわたしとはまるで、ほんとちがう生き物。

そして花火。そして宿題のレシピ書き。やっぱりあっという間だ。
あ――愛がほしいっ。

8/22

ひろみ

いい声してるねこ奥さん。

声がいいって、なんてえろちっく。

今日は旅行前日で、冷蔵庫の中にはなんにもないし、簡単によごさずにつくりたいし、もう何も残したくないしってんで、買ってきたのが「鮭のフィレ、バジル1束、わけぎ1束、冷凍野菜（イタリアンカット、ズッキーニとニンジンとカリフラワーと鉈豆《なたまめ》）1袋、レモン1こ、なす2こ」でつくったのが「なすをチンして、塩胡椒とバジルとバルサミコをかけたの。鮭をワインとバジルでマリネしておいて、オリーブオイルで焼いて、バジルとレモンふったの。冷凍野菜とわけぎをいためてチキンスープで煮てクスクスぶちこんでバジルふったの」であった。それにデザートはアイスクリームだ。それで、もう、ほんとに、何にもない。

ねこちゃんのFAXが非じょーに身にしみた。あたしは、あたしが調子悪かったときはAさんがケアしてフォローしてくれたってことを忘れちゃいけないと思った。でもとにかくつまらないのは、何かにつけ、Aさんとぎくしゃくつんけんしてしまうことなの。こういう状態はやめたい。Aさんって人が好きで、10年も一緒にいたんだから、つんけんしたくない。ああ、ねこちゃんのFAXが身にしみた。ちゆ、ねー、ちゆ、してるのかもね、子どももあたしも。こうひらがな書きにするといやらしさがなくてかわいらしいことばだね。ちゆ。ちゆしてるのを見るのはすがすがしくってさわやか。だから子どもの悪口も、ちっともいやったらしく聞こえないのかも。悪口いってても悪口に聞こえないんだ、それでAさんから電話がかかってきたりすると、すごく楽しそうに、「鈴をふるような声」でくすくす笑いながら話してるんだ、これがまた。あたしもああいうふうになりたい。

昨日は、残飯整理の一環としてマカロニグラタン（ニンジンホウレンソウ入りのツイストしてるマカロニのゆでたやつ……前日に、それでもって、なすとピーマンのソースを作った。これがうまい。オリーブオイル1／3カップに玉ねぎの輪切りとにんにく、ピーマンの輪切り、なすの角切りをかさねて蒸し煮するんだけど、すごくおいしい）、ところがホワイトソースつくるのに小麦粉がなくて全粒粉でやったら、ぶつぶつができて不必要にシリアスな味になった。

シーフードミックス（たことかにかま入りだぜ）とえびとチキンを入れて、チーズのっけて焼いた。Bさんが閉口していた。サラダは残飯整理の一環として、薄切りきゅうりにヨーグルトに塩胡椒したやつをかけてパプリカふったの。

ねー、前に書いてた油っぽいペストのびん、もう使いきってしまった。ツナトーストのときにバターかわりにぬったり、マッシュポテトの残ったのオーブンで焼くときぬったり、マヨネーズとまぜてターキーサンドにはさんだり、いろいろできるもんなのねー、けっきょく油っぽいっていう事実と、チーズくさいっていう事実をごまかさずに、きちんとそれに向かい合っていけば、とてもおいしいということがわかったのだった。おいしかったからまた買ってくる。

もう冷蔵庫にはなんにもない。グレープフルーツが1こだけ、これはあした、朝にBさんとカノコが半分こする。サラ子はバナナとプラム（旅行に持っていくつもりで買ってあった）を食べるので手をうった。旅行には水をたくさんとほしぶどうの白っぽいやつ、バナナチップス、こっち製の米クラッカー（おかきもどき）、デーツ*の小さくかためたやつ、ジンジャークッキー、オレオ、果物、ヨーグルトを持っていく。

＊　なつめやしの実。干して食べる。干し柿のように丸のままのもの、ミンチにして五家宝のように固めの棒状に切ってオーツ粉をまぶしたもの。練り切りにしてココナツをまぶしてまるでうぐいすもちのようにしたもの。いろいろとある。舌ざわりも歯ざわりも甘みも、和菓子の存在にかぎりなく近い。

8／22

おはようみなさま
楽しんできてねー。
ボンボリヤージュ
祝　ご旅行
グランドキャニヨンの空気をたくさん食べてきてくださいまし。

ねこより

8/26　ひろみ

ねこちゃん

グランドキャニヨンは、間際までなんにも見えないのよ。ふつうのなだらかな緑の多い土地をひたすら走っていくと、国立公園の森の中に入っていって、そしていきなり、えぐりとられる大地がね。目の前に。

ふふふふふ何が見えるんでしょー？　っていいながら走っていった。近くの町のモテルに泊まって朝早く、モテルでただで出してくれるドーナツをとりあえずかじりながら、朝ごはんはグランドキャニヨンで食べようってことで。

何が見えるのーけちー教えてくれたっていーじゃーん、って子どもたちが言いながら、ずんずん国立公園の奥に入っていって、そうしていきなり、崖が見えた。

カノコなんてしゃべらなくなっちゃって、「気持ち悪いくらいすごい」って、なんかしーんとして。

朝ごはんはべたべたしてひどい甘さのペストリーとコーヒーとジュースとミ

ルク、売店で。モテルのドーナッツも、ありんこと呼ばれるあたしが残したほどのまずさ。

　昼はまだグランドキャニヨンで、ホットドッグとチキンバーガー、パンにただソーセージと揚げたチキンがはさんであるだけのなさけないやつ。

　それからグランドキャニヨンを出て、東へ走って走って走って、とちゅうたくさんの岩を見て、崖を見て、雲の影を見て、雨雲がみるみる大きくなって雨が追いかけてくるのを見た、「アメリカインディアンの口承詩*」みたいだった、そうしてたどりついたチンレというナバホの町、ベストウエスタン系のけっこういいモテルの「ナバホ風」が売りのレストランで、世にもひどいものを食べた。生煮えのビーフシチュー、アブラアゲみたいなフライブレッド（パン種をひらべったくして揚げたもの）、味のないチリ（豆を煮込んでチーズのせん切りをかけてある）（でもそれは卓上の塩をかければいいわけで、ましだった）、かちんこちんのローストチキン、べたべたのヌードル添え。

　それは、その町で唯一のレストランらしくて（バーガーキングもあった）、繁盛していた。

　つぎの日の朝は、バーガーキングで、うっとなるくどさのフレンチトースト。

地元の人がたくさん朝ごはんを食べに来ていた。あたしたちがマーケットで買い物していたら、オクラホマから来たというホームレスが、Bさんに2ドルねだった。

それからひた走りに西へ向かって、モニュメントバレーを抜けて、パウエル湖をわたって、たどりついたユタ州カナブという「西部劇」が売り物の町。

あたしは野菜が食べたくって肉なんか見るのもいやで、ウエスタン風のレストラン（ウエイトレスがカウボーイの扮装でピストル装着している）なのに、オリエンタル風チキンを頼んで、それはごはんの上にチキンと野菜がいっぱいのっていて、料理人が風邪ひいてくしゃみして、塩を入れる手元がくるったのにちがいないと思うくらいしょっぱかったが、野菜がうまかった。でもトメが大暴れして、みんなに注目されちゃって、おちおち食べていられなかった。

カノコは牛肉のカツレツ。日本人だから、つけあわせはついごはん。サラ子はBBQチキンとフライドポテト。Bさんはマス（カウボーイ風の店に来て魚なんか食うなーと思ったが人のことをいえた義理ではない）。

つぎの日の朝は、同じ店で、あたしはただのトーストとコーヒー、Bさんはタマゴ2ことソーセージとハッシュブラウンの大皿（もてあましていた）。

ウエイトレスは、昨夜は若いぴちぴちした姉ちゃんたちだったのに、朝になると一晩で50年経ってしまったようなおばちゃんたちが同じ扮装でピストルを装着していて、浦島的であった。

カノコたちは愛読しているローラ（大草原の小さな家）に出てきたグレイビイがけのビスケット（ポーチト卵2ことハッシュブラウンつき）を1つたのんで2人でわけて、グレイビイってものを味わって、とても満足していた。

あたし、こういうの、好き、知らないものを味わうのって。そうしたら後ろの席で、ガンマンが（カウボーイハットにカウボーイブーツ、長髪、髭面、30代前半か）カノコたちと同じものを頼んで食って、ゆうゆうと、サルーンから出ていくみたいな足どりで、出ていったっけが……だいじょうぶか、と思わず。地元の人間ではなく、観光客がコスプレしてるんだと思うんだ。それにしてもね。

でも観光客は異文化に慣れてないのも多くて、あたしたちはレストランでじろじろ見られてほんとにそんなのひさしぶりで、カリフォルニアじゃそんなことないから、ほんとにいやだった、行儀の悪いあかんぼがめずらしいのか、東洋人の家族がめずらしいのか、わかんない。

その日の夜は同じ町のちがうレストラン、レストランの雰囲気が、なんというのか、150年間同じものを料理して同じものを食べていますっていう感じ、風とおしの悪い、息のつまるような、人々の表情に異文化にたいする忌避感が感じられるような（考えすぎ）、感謝祭のディナーみたいなものしかなかった。あたしはターキーのホットサンド、グレイビイがけ、カノコはローストビーフとマッシュポテト、グレイビイがけ、サラ子はサーモン、Bさんはマス、トメはクリームコーンのスープ。ね。

あたしは、ほんとは、こういう旅行は、ファストフード屋やガソリンスタンドで買ったサンドイッチとか機能性食品みたいなものでぱっぱっとすませたいの。景色とか岩とか雲とか風とかを見に来たので、グルメの旅してるわけじゃないんだからさ。食べるもの食べてたら、なんか見えるものまで見失っちゃうような気がするの。食べなくてもいいの。空腹にしとかないと、なんか危険に対処できないじゃないのさ。イノチかけて、車を駆ってるんだからさ。

ところがBさんにはそれが苦痛らしいので、毎回レストランに行くことになっちゃって、まずい思いをした。トメが暴れて、毎回ほうほうのていって感じで。時間も食われて、満腹感もうっとうしかったし。最後の日の夜、モテルで、Bさんが、旅行の間中、食いすぎて豚になったようだと後悔していた。

（この後、カノコ、サラ子からねこへ旅行報告FAXが届く。）

＊　あたしはもともとこれにあこがれてこの国に来た。

ずうっと向う　東の方で
まるで母親が
赤ん坊の世話をするみたいに
雨雲が
幼いトウモロコシの世話をしている
だいじに　だいじに
　だいじに　だいじに
　　世話を　し　て　い　る

金関寿夫編訳『魔法としての言葉　アメリカ・インディアンの口承詩』（思潮社）
より引用。

8/27

ねこ

カノコさま　サラ子さま

すごいです。いーです。うらやましいです。よかったです。

なんといってもすごくいーと思うのは、想像もできなかったほど大きなものを見ると、次からはその思いもよらなかったほど大きなものくらいまでは想像がつく、ということです。こりゃもう、怖いもの知らずです。なんだって、どーんとこいです。というところです。とりあえず、グランドキャニヨンくらいの大きさのものまでは。こりゃ画期的です。切に切にうらやましい。よかったです。

FAXもらえてうれしかったです。そのでっかいグランドキャニヨンをねこも想像してるので、つられてけっこうおおきいところまで想像できるような気もしてるんですが、なんつったたって砂にはさわれないし、骨付き肉はかじれない。でもおかげで元気な気持ちになりました。あと、不思議だなあと思ったのは、アメリカにはカウボーイに関係するレストランがたくさんあるのに、なんで日本にはお侍に関係するレストランがないんだろう、ということです。寿司屋、とかがそうなんだろうか。うなぎ屋とか天ぷら屋とかが。これは、そうかもしれないし、そうでないような気もするし、やっぱりちょっとカウボーイ関係のところにも行ってみたいものだと思いました。

知り合いの男の人で、死ぬまでにいっぺんはグランドキャニヨンに行ってみたいものだ、と言ってた人がいます。先月、久しぶりにキャンプに行く途中、山のほうのその人の家を訪ねてみたら、奥さんに赤ちゃんが生まれると言って興奮してました。おもしろそうだから、自分も一緒に生みたいくらいだと言って、なんだかやけにはりきってました。その人の奥さんは子どもが生まれることを知ったとき、あまり想像していなかったことなので、するすると部屋に帰ってきてこたつにするっと入って、4日間こたつから出てこれなかったそうです。

グランドキャニヨンに行きたかった男の人も、やっぱり、想像できなかったことだったので、びっくりしたそうです。その人は、大きなグランドキャニヨンは想像してたのに、小さな赤ちゃんは想像してなかったんだなあと、何の脈絡もありませんが、思い出しました。

やっぱり黄色や赤色のさらさらした砂粒や骨付き肉みたいな小さなものも、想像するのはおもしろいです。ああ、でも、おやあっびっくりっていうくらい大きいものが見たい今日このごろのわたしです。

花火はね、ちょっとそうだった。最近見たものの中では。いつか一緒に花火も見ませんか？

HAVE A NICE 新学期！

HAVE FUN！

あいしてるぜいっ！

8/27　　　ひろみ

ねこちゃん

あたし子どもたちへのFAXぬすみ読みしてさ。あれ、ちょうど、あたしも考えてたとこだったの。なぜ日本にはサムライレストランがないか。

あたし思うに、日本はせんそうに負けて（と子どもに言ったら、えー、せんそうって？とサラ子がきいた。カノコは社会でやったから知っている）、それまでの歴史を打ち消しちゃおうってことになって、とくにおサムライ関係の歴史、死ぬの生きるの殺すの殺されるのっていう。打ち消さなくちゃならないのは、ほんとは天皇関係なんだろうけど、それは、レストランにして楽しいものじゃないし。でもアメリカは打ち消す必要がないから、今でもどうどうと、カウボーイのかっこしてカウボーイ食を食べていられるんじゃないか。

それから、やっぱりサムライ食ってきっと貧しい、武士はくわねどっていうから、今のあたしたちが食べておいしいものってあんまりなかったんじゃないか……とまあそういうことを考えて、子どもたちに言ってたところだった。

8／28　　　　ひろみ

ねこちゃん

今Bさんは、キッチンで働いている。明日のおひるに、旧友がトメを見に来るので、冷やしたサーモンにレモンとバターいっぱいのソースかけたやつ出したくて、つくっているが、魚をゆでるお湯の量を計って、塩も計って、香りつけのニンジンとセロリも計ってという、ああ、あの科学の実験には腹が立ってくる。食べるってそういうことなのか。あたしはちがうと思うんだ。食べるとか、日常のごはんをつくるとかいうことは、そういうことじゃないと思うんだ。ああ、むかむかむかむかむか。

　で、2階にあがってきて、仕事している。キッチンは子どもが手伝っている。ここの国の文化は、それでなくてもお客よんだりよばれたり、お客とくだくだ話して時間をつぶすよ。あたしはもう、そういうのにもうんざり。

　今日はスオードフィッシュ、なにかね、太刀魚じゃないのよ、かじきまぐろかもしれない、その生のを1切れとケイジャン*漬けのを2切れ買ってきて、生のやつは、ポン酢しょうゆ胡椒で味つけて、じゃがいもチンして、キューブに切って、油でじっくりいためてどっさりつけあわせに出して、あとはグリーンサラダ。

昨日は小えびのゆでたサラダ用の買ってきて、玉ねぎのみじん、バジル入りマヨネーズとあわせて、バシュマティ米でピラフ炊いて、グリーンサラダと食べた。なんか、野菜サラダばっかり食べてる。旅行の反動かも。

帰ってきた日は、お外にチキン買いに行こうかといってたんだけど、さすがに外食に疲れちゃって、冷凍野菜（ズッキーニとカリフラワーとニンジンとグリンピースときのこMIXといんげん豆）ごってり入ったクスクスをつくって、ビンダルーの冷凍しといたのをあっためて食べた。

……てなわけでして、昨日はたいへんだった。Bさんはサーモンにレモン卵黄いりのバターをぬったくって冷やしたらかたまってしまって（「あたりまえじゃん、バターなんだもん」とカノコが日本語でいった）あわてふためいていたが、まあ、いいのだった。それはたいへんおいしかった。計りまくったから、魚のゆでぐあいなんて、息をのむほどすばらしかったし、ソースも、バターを丸一箱使ったことさえ知らなけりゃすごくおいしくて、「おいしいんなら文句いわなければいいのに」とカノコにいわれちゃった。

客は二人の年取った女で、84歳と76歳、きれいで、いきいきしてて、68歳と58歳くらいにしか見えない。よく食うし。84歳のほうはダンスを教えているし、76歳は小説を書きあげたばかりだと。今から男が、2、3人できそうな、それだけの恋愛や性愛にもたえられそうな感じ、感動した。なをさんってこんな感じか。ああなろうじゃん、ねー、あなたとわたし。

客が帰ってから、カノコたちは、ねこちゃんのパンの本と首っぴきで、パンをつくった。「本のとおりに」とあたしがいってたら、Bさんがせせら笑った。カノコはソーセージパン、サラ子はかえるパン。あたしは手伝わなかった。オーヴンの温度を180度っていうのを華氏に換算しただけ。

カノコのは、ちょっとねちゃっとした感じ、でも気にならない、よくふくらんで色もよかった。サラ子は「牛乳あっためなかった」「砂糖も入れ忘れた」「イーストの前に牛乳を入れた」「ほうれん草ペーストのかわりにグリーンピースペースト使った」「オリーブのかわりにカシューナッツとレーズンを使った」「チーズとハムのかわりに、りんごとシナモン」……すごいアレンジぶりだったけど、けっこう、おいしかった。かたちはすごくかわいかった。かえるの鼻の穴がとくに。二人で、できあがったやつを2こずつ紙皿にいれてふきんかぶせて、ダイアンちに持っていった。

かれらに残された問題は、どうやって後をかたづけるかである。

(以下3行欠落)

お昼につくったのはハムの脂みのとこをよく炒めてかりかりにして(ベーコンがなかった)玉ねぎを炒めて、そこにチンしてキューブにしたじゃがいもを入れて、よく焦げめつかせて焼いた。大皿いっぱいつくったのに、あっというまだった。じゃがいも(新じゃがはとくに)にはケフィルがいちばん、とよくポーランドのおばちゃんがいってた。ケフィルがなかったので、かわりに、ヨーグルト牛乳をつくった。Bさんに、のむ?って聞いたら、じゃがいもだけいっぱい食べたいといった。この人のこういうよく食うとこって好き。じゃがいものとき、とくに、しんそこ、うれしそうに食べる。

今、Bさんは落ちこんでいる。あたしたちが明日、日本に帰るから。

＊　ニューオーリンズあたりの文化の総称。アメリカの黒人文化やフランス文化が

まじりあっている。ケイジャン料理は、スパイシーで、泥臭さと繊細さが渾然一体となってるような感じ。魚屋には、ナマズのケイジャン漬けがよくある。ナマズ。トム・ソーヤーもよく食べたあれ。切り身なので、顔も髭も見ずにすむ。白身でやわらかい。けっこうおいしい。ちょっと生臭く感じるが、スパイシーなケイジャン風だと気にならない。

レモンとバターのソース

材料はつぎのとおり（ジュリア・チャイルド『料理する道』から）

卵黄3こ

レモンジュース大さじ1と1／2

無塩バター大さじ4

とかした無塩バター1と1／4本

塩胡椒

これで1カップぶんなので、かけ算をしてこの数倍はつくることになる。料理してあるからごまかされているが、けっきょくはバターを食べてるようなものなのである。

8/30　　　　　　　　　　ねこ

ひろみちゃん

ねえ、〝武士は食わねど……〟の先ってなんだっけ。あたしさ、今、武士は食わねど……うーん、つま楊子、とかしか思えないおばかで、眠れなくなりそうだ。武士は食わねど……うーん。武士は食わねど上げ膳据え膳。うーん。武士は食わねど高いびき。ちゃうなー。背に腹はかえられぬ。関係ねーなあ。あもー武士はどーなったのだ。武士はさあ、今のサラリーマンみたいなもんだったのかしら。まあとにかく寝る。続きは明日だ。

と、2日がすぎて、今日になった。さっきは電話で起こしてごめんなさい。ねえ、カノコとサラ子のパン、写真とった？　こんど何か作ったら、写真とっといてよ。見たかったたし、食べたかった。

息をのむほどすばらしいゆでぐあいの鮭のレモンバターソースも食べたい。わたしもひろみちゃんと同じで、つくる人が好きにやればいーじゃないって思っちゃうので、レシピ書きにはいつも深いコンプレックスがある。書こうとすると、とてつもなく迷う。いつも作ってるときのメモ、不完全で、はかりながらやるんだが（後々楽なように）、でも、メモし忘れるのだ。作っているときは、ほんまもんの料理の先生みたく、こーしてあーして、で、ここがポイントでね、なあんてレシピを頭の中で言いながら作ることだってあるのに、作り終えると忘れてる。だからマジにメモがしてあったりすると、うふふって思う。それでも迷ったりするから、やんなる。

昨日、おとといは、わりと好きにやっていい仕事。たとえば玄米ご飯の上にゆでたモロヘイヤと削りがつおのっけただけとか。ゆでたいんげんの千切りしょうが和えと素揚げいんげんのおろししょうがのせとか、そんなのもアリの仕事だった（なをさんと一緒の本だった）。あたし、いんげんのとこ、特に気に入ってる。ゆでてから氷水にはなして、しゃきっとさせたいんげんをななめにそぎ切りにして、細切りのしょうがとだしじょうゆで和える。それは冷たくって、しゃきっ（歯にきしっとまで感じるみたいな）歯ごたえで、これはこれで夏。

で、素揚げにしたいんげんは、甘みがじんわり出て、こっちのしょうがはすりおろし。煮きったみりん（酒でもよかったかな、と思ってる）としょうゆをかける。

なんか、こうゆうの、おもしろい。うーんとそぎおとすの、おもしろい。同じ素材、違う調理法で、とても違うものになる。ああ〝料理〟って、こーゆーことかー。火をとおすっつうことかな。まあ、切る、切り方の違いで味が異なるとゆうのもあって、それもそれでおもしろい。あと、ただ酢じょうゆに漬けるだけ、というのもやった。茹でた枝豆（さやごとつける）、プチトマトと白うり、セロリとみょうが。同じ調理法で違う素材。白うりは新しい発見だった。すごくおいしい。みんな好き。けっこういつやってもみんな好き。おもしろい。

あとグリーンペーストも作ったよ。ペストも作ってゆでだこを和えた。たこのジェノベーゼ。

自分の食べたのの中で最近おもしろかったのは、ジャンクフードの日かしらん。袋菓子のウエハース食べて、ポテトチップス食べて、カップヌードル食べた。なんだか、お店やで目のはしにカップヌードルが映ったとたん、とても食べたくなった。

たつのこたろうの話、あるでしょう。たろうがおなかにいるとき、お母さんがめしたきして、なんだったか、みんなのごはんを全部食べちゃうんだったかなんか、そういうとこにわたしは妙に感動したの、覚えてる。その人はいい人だったろうに、妊婦のせいか、なんかやみくもに食べちゃう。人の分まで。そこが、すてきだった。人がやみくもに食べちゃうときって、なんか別の衝動の糸にあやつられるみたいのって、きっとえっちかなんかにも似てるからかしら。

Bさんさんがじゃがいも好きなとこもすてき。ずうっとまえ、太田さんが本の中で、どうしてもがまんできずに食べたくなっちゃうものとして、立ち喰いそばとお赤飯とあともうひとつはゆで卵(……だったかしら。ちょっとうろおぼえだけれど)と書いていて、とてもよくわかった。すてきだとおもった。ウィリーはすごくよっぱらったあるとき、一晩中“Where is my chicken sandwich?”と言い続けたことがある。Qはときどき、夜中近くとかでも、お好み焼き焼いた。いまは一人暮らしなのに、牛スジ煮てるらしい。Jは吉野屋の牛丼が大好きだ。

今日は、肉じゃがを仕事で作った。とても上手にできた。

次の料理を撮影してる横で、スタッフの女の人がお皿をかかえて肉じゃがをむさぼってる様子はなんかよかった。どうもその人はそれがとても食べたかったらしい。ひとりでお持ち帰りもした。なんだかおかしくって、けっこうかわいらしい。わたしはほしい、これが。という直線的欲望。

まっすぐでがっしりした欲望とそれをその量だけしっかり満たす生活って、動物みたいでいいなあ。ほんとうにもう腹ぺこだあって思ってから（ごはんの時間だからじゃなくて）食べて、ああもおだめだーと思って（寝る時間だからじゃなくて）寝る生活。ちょっとその辺を走り回ったりしたほうがいいのかもしれない、わたし。

9／9

ひろみ

ねこちゃん

前回のねこちゃんからのFAX、あれはすごかった、あたしはもう、まっすぐでがっしりした欲望を持って、高楊枝をくわえて、一生を生きていきたいと思った。そして日本に、帰ってきた。うちがきたない。もう家庭というどころじゃなくよごれている。きたなくて、家とは名ばかり、スラムの街角で野宿してる気さえする。居たたまれない。

「おかあさんは、あの家に居にくいね」とカノコがいった。アメリカでだ。精神的に、という意味だ。居づらいとか居たたまれないとかいうのがほんとの日本語だけど、いいたいことはわかる。あたしがあそこに、居ることが、しにくいのだ。Aさんが、まったく変な感じ、あたしの知ってるAさんじゃなくなっちゃったような気がする、昨日も（……2行判読不能）よくあることじゃん……まあいいや、もうあと3カ月で日本を離れるんだから、あたしはちっとも、ほんとにちっとも、Aさんとケンカする気がしない。言い返す気もしない。どうでもいいみたい。

料理する気もまったくない。なんにも料理しない。できあいのものですませちゃってる。冷凍食品とか。シューマイとか。マクドナルドとか。やわらかいふわふわの菓子パンとか。アメリカじゃぜったいにしなかった。前回帰国して料理しはじめたらAさんが不満をいったんだ、あんまり台所を独占するなって、それもあるかも。だからAさんがつくっている。ハヤシライスとか、親子丼とか。人のつくったものをいいだくだくと食べている。野菜入りクスクスとか、サーモンのバジル味とか、なつかしくもある、でも、今は、何にも料理したくない。

おとといは熱が出た。38度8分も出た。動けなくて、コーラだけのんだ。昨日は車がおかしくなった。ガガガガガと音を立てて激しくきしんだ。トメは、保育園に行きはじめた。0歳児ひよこ組。今日ははじめての給食。魚の煮つけをこまかくくずしたの。ニンジンをやわらかく煮てこまかく刻んだの。ご飯のやわらかく炊いたの（ほかの子どもたちは、もうみんなふつうのご飯、トメのだけ、炊いたやつをまた炊いてやわらかくしてくれたそうだ）、キャベツのみそ汁。「身をのりだして食べました」と連絡帳に書いてある。す・ご・く・心のこもった給食だった。ひさしぶりに、食べものに感動した。

「おわりに」のデザート

cooked by 伊藤比呂美

料理名　ひろみの9月15日
分類　こんばん何しようかな
材料　家庭　一戸建て庭つき養うべき家族あり（室温で）
卵3こ（あわだてて）
家事と育児　しきれないほど
（よくふるって）
しょうが1かけ（すりおろす）
家庭の崩壊　ありのまま（みじんに）
バター1／2本（とかしてさましておく）
しょうゆ　ふたたらし
対幻想　少々
家族のあり方　わからないまま
（家族として）娘三人
男二人
あたし一人
（友人として）ねこ一匹

作り方
てきとうにぶちこんで、かきまぜる。バターをよくぬった器にながしこんで450度（華氏）のオーブンで一時間。

スパイス・ハーブ事典

この本に出てきたものだけ

朝岡スパイス株式会社というところで出している「手作りカレー粉セット」は、20種類のスパイスが小袋に入っているもの。それをひとつずつ開けて匂いを嗅ぐと、それぞれのスパイスの特徴を知ることができます。

で、提案ですが、このひとつずつ匂いを嗅ぐという遊びを、大好きな人と一緒にやったら楽しいと思うんです。スパイスには媚薬の効果があるものが多いし、何やら怪しげでしょう？

みんなにすすめてるんですけど、いまだにやってみたという人はいません。惜しいことです。

BY 枝元なほみ

＊イタリーパセリ

ハーブ。パセリの種類だけど、日本で普通に安価で売ってるチリチリのパセリよりマイルドで姿も美しい。でも、この場を借りてチリチリパセリの弁護もしたい。チリチリパセリも立派なハーブだー！……最近ハーブ信仰のようなものがあるが、チリチリパセリはいつまでたっても付け合わせ扱いで、しかも食べないで捨てられてたりする。そういう役目からチリチリパセリをほどいてやりたくなっている。たとえばちょっと塩ふって水気を切った大根の千切りに、みじん切りしたパセリを大量投入する、またはパセリにフリッターの衣をつけて揚げると、大変おいしい。逆に、イタリーパセリもハーブとかまえないでがんがん使いたい。チリチリパセリと同じ気易い感覚で。

＊オールシーズニング

ミックススパイスで、カイエンとかオレガノとか旨味調味料みたいのも入ってるのかも。メーカーによっていろんなミックスの仕方がある。鶏の唐揚げの下味とか、ポテトチップスを揚げるときとか、全体的にちょっとスパイシーに使いたいときに手軽なひとふり。

＊オレガノ

ドライハーブとして売っていることが多い。イタリアンやメキシカンに使われるスパイス。ラザーニャを作るとき、オレガノを入れるか入れないかでは、味が断然違う。ラーメンのときにねぎが上にのってるのとのってないのと全然違うのと同じ。スパゲティゆでてオレガノふってみるだけでもおいしい。インスタントのミートソースにひとふりするだけでも、本物っぽい味になる。

＊カイエンペパー

唐辛子の細かいモノと思ったらいい。辛みをつけるための調味料。クミンやコリアンダーと組み合わせてもいい。

＊カルダモン

きれいな外皮に包まれた種子スパイス。パウダーでも売っている。「アラビアンナイト」で媚薬とされていたもので、高貴な香り。値段的にもちと高い。たとえばシナモンが横町のタバコ屋の美人なら、こちらは私立女子校の深窓のお嬢様といえるであろう。外皮につつまれたまま使うと香りが出にくいから、それを裂いて口を開けてからチャイとかカルダモンコーヒーに入れるなどして使う。カルダモンを入れた炊き込みご飯とかあるけど、うっかりカルダモンだけガリッて食べると「ひい」って泣くことになる。

＊クミン

人の体臭の匂いがするって、よく言われるスパイス。シードで使うことが多いけど、種をつぶしたパウダー状のものも使う。その香りをかぐだけでカレー！と思えるような、いわゆるカレーの中心的なスパイス。使い方は、たとえばカレーでは、玉ねぎを炒める前の油に、中華料理でしょうがで香りを立てるのと同様、クミンを小さじ1〜1／2くらい入れる。クミンと豆を炒めたり、カリフラワーを炒めるなどして香りを全体に行き渡らせるような料理もできる。

＊クローブ（丁字）

正露丸の香り。きつい香りだから料理に入ってるものを食べちゃったりするとこれまた泣く思い。昔は大変贅沢なものだったから、オレンジやレモンにクローブを刺してクリスマスの飾りにしたり芳香剤としていたくらい。甘い香りがするので、チャイなど作るときに使ってもいい。

＊コリアンダー（香菜）

コリアンダーは、シャンツァイ（香菜）の英名。フレッシュハーブとしては、大抵の国の人がお世話になっている。シードスパイスとしては、クミンと同じような使い方をする。わたしはずっとシードのほうがえらいと思っていたが、最近はパウダーにこっていて、とくにクミンとコリアンダーのパウダーの合わせ使いが気に入っている。なぜなら、アラビックとかメキシカンみたいな気持ちになるから。互いのくせも抑えるのでおすすめ。また、魚介の下味には塩胡椒のかわりにコリアンダーと胡椒にするとまたおいしい。

＊サフラン

サフランの花の雌しべを乾燥させたスパイス。一つの花から3本しかとれず、しかも手摘み、2万本で125 gなんていうから当然高価。鮮やかな黄色い色をつけるために使われ、パエリアには必須アイテム。

＊シナモン（肉桂）

「にっき」として、みんなが知ってるスパイスだけど、くせがある甘い香りだから料理に使うのはなかなか難しい。ちょっとの量でも存在が際だつところがあるから、最初は少しずつ入れてみるといい。エスニックなかんじで甘みを足したいときなんて、気づかせないぐらい入れるのが、媚薬なかんじでいい。

＊タイム

万能選手のスパイスで、肉でも野菜でも合う。煮込みものには即ベイリーフと思われているけど、こちらも使いやすい。オーブン料理にも使える。

＊タマリンド

果物の実で、黒いペースト状などで売っている。インドや、インドネシア、タイ、東南アジアでよく使われている。酸味と甘みを持った果物だから手に入らない場合は梅干しで代用することも。チャツネの代わりとしてカレーなどの煮込み料理に使うことが多い。ひろみちゃんの住む街で、メキシコ人のおじさんが売ってるタマリンド・アイスキャンディー食べたら、おいしかった。コーラアイスの味に、ちょっと似ていた。

＊タラゴン

甘い香りで、フランス料理などによく使われるハーブ。それだけだと少しなじみにくいかも。酢やワインビネガーにつけておくと、酸味がやわらいでおいしくなる。チキン料理とか、白ワインやバターと組み合わせたりして使う。

＊チャイブ

あさつきみたいなハーブ。繊細で細いところがきれい。わたしは洋風の万能ねぎと思って使っている。味もはっきりしてるので、薬味として使える。オムレツ、肉料理、サラダに入れてもいい。

＊デイル

スパイスとしては種子をすりつぶしたり、またはシードのままでカレーに使ったりする。フレッシュで使う葉っぱは、クセのある独特の香りをもつハーブで、おかひじきを繊細にしたような形。たとえばスエーデンではサーモンのマリネ、ポーランドでは芋や魚介と組み合わせたりする。

＊ナツメグ

種子のスパイスで、核の固いところとメースと呼ばれる外側と、違う使われ方をする。日本ではパウダーとして売られていることがほとんどだが、アーモンドみたいな大きな粒で売ってることもある。日本に紹介されたのは早かったみたいで、洋風料理のスパイスとしてハンバーグ、挽き肉料理、ホワイトソースに最後にふるなどの形で使われてきた。シナモン同様クセがあるので、この2つをほんの少しずつ合わせて使うといいかも。これが昔多用されたのは、肉の鮮度が落ちたときに効果があったかららしい。だから、新鮮な肉が容易に入手できる今となっては、ナツメグを大量に入れたら勝ちすぎてしまう。

＊パプリカ

あまり辛みのない唐辛子の粉末。多用されるわけではないけれど、粉唐辛子と思えばずっと身近に使えるはず。ところで赤い色って、どうしておいしく感じられるんでしょう？　わたしは和風の煮物などでも、パプリカやターメリック（少し黄色い色がつく）をひとふりして「かくし色」のワザをきかせてます。

＊フェヌグリーク

ちょっとマニアックなスパイスか。いやいやこれもどうして侮りがたい。はまってみるとおもしろい。小さいシード状のも、パウダーもある。南インドのカレースパイスってかんじ。わたしは最近これに開眼していて楽しい。ちょっとだけトマトスープに加えたりすると、あ、ネパールチック！なんて。

＊バジル

シソ科の葉っぱで、ハーブの一種。強いけど、爽快感がある。好きな人はいくらでも食べられるようだけど、強いハーブなので普通は様子を見ながら使いたい。単品で使うよりもオリーブオイルと組み合わせるなどして使ったほうが失敗は少ない。

＊ベイリーフ（ローレル、月桂樹）

肉や魚の臭み消しという使い方が多い。煮込み料理には無条件にベイリーフを入れる場合が多いが、きっちり仕事をするハーブなので、わたしは最近入れ方や入れる量に気をつけようと思っている。

＊ペパー（胡椒）

塩胡椒って、どんな料理にもふるのが当たり前みたいで気にもとめてない人が多い。しかも最近はあらかじめ混ざっている商品があるくらい。でも胡椒は、それが欲しくて国同士が争ったくらいのスパイス。種類も、ホワイト、ブラック、グリーンとあって、それぞれ別の用途で使える。たとえば料理の下味にはホワイトのパウダーが合うし、ブラックは、肉を茹でるときに粒のまま使うと味が際立たずにすむ。またサラダの仕上げにフリーズドライのグリーンを指で砕いて散らすと、「最後の魔法」っぽいし、食べてる途中にガリッときておいしい。

ほんと胡椒って無造作にふるのもいいけど、意識的に使うと、すごくひろがりのあるスパイス。ホントお世話になります。

＊マージョラム

ドライハーブとして出回っていることが多い。オレガノ同様、イタリアンやメキシカンで使うかんじ。ただ、マージョラムのほうがオレガノより少し甘い香り。ドライといえども香りがずっと保つわけではないので、早めに使いましょう。

＊マスタードシード

マスタードの種子で、これとフェヌグリークなどを合わせたミックススパイスも売っている。そのままピクルス液で使ったりもする。いろんなものと合わせて挽いて、肉にまぶして下味をつけることもできる。

＊ミント

フレッシュハーブで手に入りやすいし、ガーデニングで栽培する人も増えてきた。フレッシュなまま煮出してお茶にすると、一挙に消費可能。乾燥させると香りが飛びやすいので、刻んで酢とまぜておくと使い道がある。マスタードとまぜてラム料理に使ったりも。ローズマリー、オレガノ、マージョラムなども同様に保存しておくと、おもしろく使える。

＊ローズマリー

ハーブの一種。マリアの薔薇という意味で、砂地などに生息する強い香りのもの。野生化するような強いハーブで、一般的にはラム肉と相性がいいといわれている。黒髪にいいともいわれている。

そしてファクスはメールになった
——15年後の「なにたべた？」

12/5〜12/13

ひろみ　カリフォルニア
ねこ　東京

ひろみは、いまだにアメリカと日本を往復している。
カノコとサラ子は家を離れて
今はトメとBさんの3人暮らし。

ねこは、男運の悪さを更新して　一人暮らし続行中。
ムゴイシウチヲタエシノンダリモシテ
大人でいることを　頑張っている。
ヤバイと思いつつ　2匹の猫に助けてもらう日々。
弟が急逝して、気持ちをまだ整理できずにいる。

ねこちゃん、げんきかーー。あたしは時差ぼけとしめきりのだぶるぱんちで、元気ないよー。いますごくにゅうめんの梅たたきがたべたい。それも自分でつくったんじゃなく、ねこちゃんのつくったの。『なにたべた？』手直しした。なんか、まずいなというところがいっぱいあった。きのうあったおもしろいこと。トメに「きょう、ハンバーグ」と言ったら「やたー」と言った。言われてみて考えたら、これって日本のこどもの基本リアクションだなということ。トメが言ってるんじゃなくて文化が言わせてるような。2回言ったら2回ともそう言ったよ。そしてあたしは、ハンバーグなどたべたくもないんだが、たべちゃった。

ひろみ

およ、ひろみちゃんはいまどこにおられる？
わたしも『なにたべた？』をやらなくちゃなー、って思ってた。
あさってが四十九日だ。

さあすこしは気持ちが静かになるのかしら。
きょうは台風みたいな大雨と大風だった。
こんな時期にね。
枯葉がどんどん吹き飛ばされていった。
樹が大きく揺れ続けてた。

ねこ

ああ、もう四十九日か。はやいものだ。どんなことをするの？　うちの母のときは何にもしなかった。いまはカリフォルニアだよ。かえってすぐ具合悪くなって寝込んでいたけど、もうよくなった。疲れたみたいだ。すごい雨だったみたいだね。今、雨と植物のことを書いていた。

ひろみ

電話しようかと思ったけどきょうは月曜ではたらいていると思った。こないだから（日本に行くまえから）Bさんが不機嫌で不機嫌で不機嫌で、あたしのちょっとした落ち度をすげーいきおいでののしりまくり、なんかさー、針のむしろだ。少しよくなったかと思ったらまたそうなった。すごくつらい。人生相談の回答者としては、彼はほかにストレスをかかえていますねとか、加齢で少しボケかけているんですねとか、加齢でかたくなになってますねとか、チキンカレーですから気にしないことですとか、いろいろ答えられるんだけど、どうしてもだめだ。本人だから。つらすぎてしんじゃえばいいとか（自分が）、それしか考えられない。でもこないだの検査で村崎先生に120まで生きますよっていわれたばっかりだし、Bさんはついこないだ M R I やって脳が40歳くらいみたいにぴんぴんしてますっていわれたばっかりだし。よく考えたらこういうことって今までに何度も何度もあったから、今にかぎったことじゃないし。温泉に行ってぼーっとしたい。ねこちゃんちに行ってあのマッサージ機にかかるのでもいい。きょうはトメとケーキたべにいった。モンブラン、Sage という、サラ子の昔の職場だ、ここのモンブランは絶品だよ。

ひろみ

よくなるといいけれど。

一筋縄ではいかない、っていうときの
縄をイメージできるような気がしはじめた。
縄はよれてねじれて丸まったりほつれたり
かた結びになっちゃったりしながら
つながってる。

いっぽんの縄じゃなくて昔見た香港の九龍城の中にあった電線みたいに
細いのや太いのやたれているのやとぎれているのなんかが

めちゃくちゃに配線されてるみたいで
混乱のきわみみたいになってるんだけど
でも一歩外側に立った視点でみると
なんだか圧巻であるとそんな感じだ。

気持ちをつめなさんなよ。
もつれた縄に捕まりなさるなよ。

日曜日は
四十九日の法要を終えてから
皆でご飯を食べた。
お寺に打ち合わせに行った後で
あらかじめ下見して決めておいた
料理屋に行った。

角盆の上に色づいた柿の葉がおかれて

その上にもみじの形をしたよせものがのって
串にささった素揚げのぎんなんが添えてある。
奥には西京漬けの魚。

刺身
吸い物
茶碗蒸し
煮物に
酢の物に
てんぷらに
ごはんに汁

色を残した煮物
かぼちゃは帯留めみたいな大きさに彫られた
黄色い木の葉の形になっていて
里芋は一部分だけ皮を残して松茸に模してあった。

ひとつずつ皮をむき飾り包丁を入れるんだろう。
料理の見た目を言えるのはありがたいことだった。
きれいですねえって
まるでいい天気ですねえ
とかさむくなりましたねえとか
挨拶みたいな会話をすることができるっていうのが
なんだかありがたかった。
おいしいですね、にも
そんなところがあった。
ありがたかった。
でしゃばらずにちょうどよくいいお天気みたいな
おいしさだった。

そういえば葬儀や法事では和食だ、あたりまえのようだが。
たしかに重たいソースも厚みのある肉も食べる気になんかなれないし。

けれど通夜の夜には食べる気になれなかった料理を
七×七の四十九日になると
生きているものたちは
生きていることを確認するみたいに
食べた。

母はきれいに料理を食べ終えてから
おいしいねえってもう弟に言ってもらえることはないと言った。
父はもうこのあと3日くらいは食べなくても大丈夫なくらい食べた、と言った。

てんぷらにはそうめんの小さな束が扇状に広げて揚げて添えてあった。
叔母たちがえのきだけかと思った、と言った。まちがえちゃったわと
どうやって作るのかしらねえと言った。

かえり際に渡したのは中華街のとりわけて大きな肉まんとあんまんの
箱詰めだった。義妹が、弟が好きだったから、と選んだものだ。

わたしは弟のことを少しくすって笑えるような思い出しかたをできるのが
好きだ。大きな肉まん。弟らしい。なんだかやさしい気がして。

完成を見る前に亡くなった
ソーラーパネルをつけたことなんかも弟らしいとおもって
なんだかくすって笑えるような気がしてその話すきだったわたし。

すごくお金がかかるから反対したんですよ、
ソーラーパネルをつけること。
でも子どもの頃からの夢だったんだ、って言うんですよ。
子どもの頃から太陽光発電を夢見てるなんて
ありえないでしょう?
下の子だって受験なのに、
浪人しないでね、って言ってお義父さんにお金を借りて
工事しちゃったんですよ。

もうこうなったらわたししっかり売電しようと思って
今となってはスイッチぱちぱち消してつい節電しちゃうんです。
義妹が泣き笑いで言った。

自分が死ぬことを考えるようになった。
ああ死ぬんだなあいつかって。
まあしょうがないよなあって。

ねこ

いい四十九日だったね。弟さんのひとがらがしのばれる。ねこちゃんみたいな男の子だったんだ、きっと。うちはね、Bさんがややましな状態。こないだのねこちゃんの意見、すごくすごくすごく助かった。ああいうとき電話をすれば、ああいうふうに話をきいてくれて、ああいうふうに意見をいってくれる人が電話線のむこうにいるっていうだけで、問題の大半は解決したようなもんだと思える。こういうなやみを家の中に抱えているってときに父に毎晩電話して、父の寂しいのとか、だれもいないのとか、下痢をしても一人とか、坂の上の雲がどうしたとか、剣客商売がなんだとか、そういうのに耳をすませるのはつらい。やってるけど。母になら、Bさんがこんなこと言うんだよーなんて言えるけど、父には言えない。死んじゃったなあと思えるのはこういうときだ。父の寂しさや父の死なないで生きてるってことに、耳をすますのはふだんはけっこう楽しい、いや楽しくはないけど、いやじゃない。でもここ数日はほんとにほんとにほんとにゆううつだった。あさってサラ子が帰ってくる。トメの合気道の昇級テストがあるから。テストの間の相手役、受けをやるんだって。やっぱり楽しみだから、何をつくろうかいろいろ考えてる。で、おととい買い物に出かけて買ってきたのが、おでんが食べたいっていうから、おでんセットとちくわぶとはんぺんとこんにゃく。いい昆布といい大根。それから卵も入れる。こないだつくって大成功だった白菜のゆずびたしもつくる。これは『なにたべた』じゃあたしたちの本だ、『きのう何たべた?』っていうすっごくおもしろい料理漫画があって、そこからのレシピなの。シロさん(主人公)レシピは、ねこちゃんレシピの次に愛用しておる。安物を買って、むだにしないように使い回して、手っとり早くて既製品もどんどん使って、という実にあたしのような考え方の家庭料理人だ、彼は。それで白菜のゆずびたし、少し工夫して、ゆでた白菜に、ゆでたあぶらげを巻いて、ポン酢のおひたしにした（カリフォルニアにつき、ゆずは省略してライム汁を振り入れる）。それから冷凍した豆腐をもどして薄甘い豆腐の煮たのをつくる。これも高野豆腐とはまたひと味ちがって不思議な感じでおいしいんだよ。こないだつくって（というか食べのこしの豆腐を冷凍しておいたやつを使い切っただけ）おいしくて、こんどサラ子が帰ってきたらつくろうと心に決めた。今はもうしつこい、肉や芋や肉や芋や肉や芋や、そういうのは食べたくない。サラダなんかも食べたくない。ごはんと生卵だけで生きていきたいけど、家族がいるとなかなかそうもいかないんだよねえ。

ひろみ

希望、っていう言葉をさ、強く意識したのは「転形劇場」をおしまいにするときに太田さんが使ったからだ。『劇の希望』っていうタイトルの太田さんの本がある。劇団のこれまでをまとめる形で出した本は、『水の希望』だった。

それまで〈希望〉っていう言葉はみょうに晴れがましいものだった。一番近い言葉で、志望校、くらいのものだったんじゃないかな。どう使ってよいものか、気恥ずかしかったんだ、おそらく。次に、そうか、これが希望か、と思ったのはカンボジアの男の顔を見たときだった。映像でだ、ポルポトの分厚い死の時代を終えたあとを特集したテレビ番組で、これが希望を持った人間の顔なんだな、そのときも強く印象に残った。太田さんが使った希望も、その男の顔に表れていた希望も、そうか、一度底の底まで落ちたことのある人たちだから出てきたものだったのか、って思ったんだ。希望にあふれる若者がどこそこ大学を希望します、なんていうふうに使える言葉じゃなかったんだ。若い頃のわたしにはとてもじゃないが手におえる言葉じゃなかったんだね。

それがこのごろ、けっこう思い出すんだよ、希望の二文字。なんだろうねえ、希望を持ちたいんだな、先に、先の方に光を見たいんだ。〈食〉や〈農業〉のこれからや、関わっている雑誌『ビッグイシュー』でホームレス問題なんかを考えたりするとき、希望をもたなくっちゃ、って思うんだよ。そこからしか始められない、って思うんだよ。もちろん自分のことでもだ、なにはなくても希望をもっていなくちゃ、ってさ、深く思うの。おお、それだけ苦労して生きてきちゃったんだなあ、わたし。でも、だからこその希望だぜい、いぇい、てさ、夜中に柚子皮を煮てピールを作りながら、思ったりしてる。二〇一〇年のおしまいの月の冬の夜。

ねこ

本書は『なにたべた?』（一九九九年一〇月　マガジンハウス刊）を
加筆・修正し、改題したものです

中公文庫

なにたべた？
——伊藤比呂美《いとうひろみ》＋枝元《えだもと》なほみ往復書簡《おうふくしょかん》

2011年1月25日　初版発行
2025年5月30日　4刷発行

著　者　伊藤比呂美《いとうひろみ》
　　　　枝元《えだもと》なほみ

発行者　安 部 順 一

発行所　中央公論新社
〒100-8152　東京都千代田区大手町1-7-1
電話　販売 03-5299-1730　編集 03-5299-1890
URL https://www.chuko.co.jp/

ＤＴＰ　平面惑星
印　刷　三晃印刷
製　本　フォーネット社

Published by CHUOKORON-SHINSHA, INC.
Printed in Japan　ISBN978-4-12-205431-8 C1195

中公文庫既刊より

各書目の下段の数字はISBNコードです。978－4－12が省略してあります。

い-110-1
良いおっぱい 悪いおっぱい〔完全版〕 伊藤比呂美
一世を風靡したあの作品に、3人の子を産み育て、25年分の人生経験を積んでパワーアップした伊藤比呂美が大幅加筆！「やっと私の原点であると言い切ることができます」
205355-7

い-110-4
閉経記 伊藤比呂美
更年期の女性たちは戦っている。老いる体、減らない体重、親の介護、夫の偏屈と。ホルモン補充療法に挑戦、ラテン系エクササイズに熱中する日々を、無頼かつ軽妙に語るエッセイ集。
206419-5

い-110-5
ウマし 伊藤比呂美
食の記憶（父の生卵）、異文化の味（ターキー）、偏愛の対象（スナック菓子、山椒）。執着し咀嚼して、胃の腑をゆさぶる本能の言葉。滋養満点の名エッセイ。
207041-7

い-110-6
たそがれてゆく子さん 伊藤比呂美
男が一人、老いて死んでいくのを看取るのは、ほんとうによかった──。夫の介護に始まる日々。書くことで生き抜いてきた詩人の眼前に、今、広がる光景は。
207135-3

い-110-7
またたび 伊藤比呂美
文化の壁も反抗期も食欲の前に待ったなし！英国人の夫、三人の娘との、つくり、食べ、食べさせる濃密な日々を詩人・母が綴る。〈解説〉ブレイディみかこ
207437-8

い-110-8
ショローの女 伊藤比呂美
老いゆく体、ハマるあれこれ、初めて得た自由と一人の寂しさ。六十代もいよいよ中盤へ──〈あたしの今〉をリアルに刻み、熱い共感を集める実体感エッセイ。
207524-5

せ-1-6
寂聴 般若心経 生きるとは 瀬戸内寂聴
仏の教えを二六六文字に凝縮した「般若心経」の神髄を自らの半生と重ね合せて説き明かし、生きてゆく心の拠り所をやさしく語りかける、最良の仏教入門。
201843-3

せ-1-8
寂聴 観音経 愛とは
瀬戸内寂聴
日本人の心に深く親しまれている観音さま。人生の悩みと苦難を全て救って下さると説く観音経を、自らの人生体験に重ねた易しい語りかけで解説する。
202084-9

せ-1-9
花に問え
瀬戸内寂聴
孤独と漂泊に生きた一遍上人の俤を追いつつ、男女の愛執からの無限の自由を求める京の若女将・美緒の心の旅。谷崎潤一郎賞受賞作。〈解説〉岩橋邦枝
202153-2

せ-1-12
草筏
瀬戸内寂聴
愛した人たちは逝き、その声のみが耳に親しい――。一方血縁につながる若者の生命のみずみずしさ。自らの愛と生を深く見つめる長篇。〈解説〉林真理子
203081-7

せ-1-16
小説家の内緒話
瀬戸内寂聴
山田詠美
読者から絶大な支持を受け、小説の可能性に挑戦し続ける二人の作家の顔合わせがついに実現。「私小説」「死」「女と男」について、縦横に語りあう。
204471-5

た-15-9
新版 犬が星見た ロシア旅行
武田百合子
夫・武田泰淳とその友人、竹内好との旅を、天真爛漫な目で綴った旅行記。読売文学賞受賞作。竹内好の随筆「交友四十年」を収録した新版。〈解説〉阿部公彦
206651-9

た-22-2
料理歳時記
辰巳浜子
いまや、まったく忘れられようとしている昔ながらの食べ物の知恵、お総菜のコツを四季折々約四百種の材料をあげながら述べた「おふくろの味」大全。
204093-9

た-34-5
檀流クッキング
檀一雄
この地上で、私は買い出しほど好きな仕事はない――という著者は、人も知る文壇随一の名コック。世界中の材料を豪快に生かした傑作92種を紹介する。
204094-6

た-34-6
美味放浪記
檀一雄
著者は美味を求めて放浪し、その土地の人々の知恵と努力を食べる。私達の食生活がいかにひ弱でマンネリ化しているかを痛感せずにはおかぬ剛毅な書。
204356-5